訳文庫

マウントドレイゴ卿／パーティの前に

モーム

木村政則訳

kobunsha classics

光文社

目次

マウントドレイゴ卿／パーティの前に

ジェイン

ジェイン・ファウラーに初めて会ったときのことはとてもよく覚えている。短い対面ではあったが、その姿をこと細かに思い出せるのだから、会ったのは間違いない。なぜこんな話をするのかと言えば、思い返してみると、記憶にとんでもない悪戯《いたずら》を仕掛けられた気がしてくるからである。

中国からロンドンに戻ってきたばかりの私は、タワー夫人の自宅でお茶をご馳走になっていた。室内装飾が大流行《おおはや》りの頃である。夫人も夢中になっていた。情け知らずなところがいかにも女だ。客間を生贄《いけにえ》に差し出し、専門家に一切をまかせた。長年座り慣れた椅子、テーブル、キャビネット、家庭に入ってから静かに眺めた装飾の品々、親しむこと一世代の絵画。客間のものなら、縁があろうと、思い出があろうと関係なく撤去した。その日に私を呼んだのも、最先端のまぶしい暮らしぶりを見せつけるためだった。どれもこれも、漂白できる家具は漂白して、できないものは顔料を塗って明るくしてある。一つ一つはちぐはぐなのに、全体としては調和が取れていた。

「覚えてらして？　前に使ってたどうしようもない客間のセット」タワー夫人が訊《き》いてきた。

いまのカーテンは豪華だが渋い。ソファの生地はイタリアの錦織。私が座る椅子はプチポワン刺繡《ししゅう》が施してある。美しい部屋だ。豪奢《ごうしゃ》なのにけばけばしくない。個性的でありながら気取りがない。ただ、何かが欠けている気がした。口では誉めそやしながら、内心、前のほうがずっといい、と思っていた。夫人が嫌った傷みが激しいチンツ地のセット。長年にわたり親しんだヴィクトリア朝の水彩画。炉棚を飾っていたどうしようもないドレスデン磁器。それに対し、室内装飾家たちが高い金をもらってせっせと作り出している部屋は、どれも足りないものがあるように思える。心だろうか。でも、部屋を見回す夫人は幸せそうだ。

「アラバスターのランプ、いいと思わない？　この柔らかい光」

「個人的には、顔のよく見える明かりのほうがいいですね」私は笑顔を向けた。

「顔がよく見えるのに、柔らかい光にするなんて無理よ」笑い声が上がる。

夫人の年齢はかいもく見当がつかなかった。私がまだまだ若い時分、すでに結婚していた。年も相当に上だった。それがいまでは私を同世代として扱う。何かにつけ、

「年は秘密じゃない、四十よ」と言い、それからにっこり笑って、「女は五歳サバ読むけど」とかぶせるのだった。髪染めの事実を強いて隠すのでもない（ところどころに赤みのある、とてもきれいな茶色である）。白髪まじりは目も当てられないというのが染める理由らしく、真っ白になったらすぐにやめるつもりだと言っていた。

「そしたら、若々しいお顔ですねって言われるわ」

それでいて顔の塗りは厚いが、どぎつくない。目が生き生きしているのも、化粧によるところが大きかった。きりりとした女性で、ガウンの着こなしも見事。ランプの薄明かりだと、四十を超えているようにはとても見えない。

「化粧台に向かうときだけね。まぶしい裸電球の光をまともに受けられるのは」微笑みながら皮肉に言い添える。「まずは恐ろしい現実と向き合い、それから必要な修正処置を施す」

共通の友人たちのゴシップを楽しみ、それから最新スキャンダルに耳を貸した。過酷な場合もあった旅のあとだけに、椅子は座り心地がよく、炉辺に明るく火が当たり、惚《ほ》れ惚《ぼ》れする茶器がこれまた惚れ惚れするテーブルに並べられ、話し相手の女性は愉快で魅力たっぷりというのは、じつにたまらない。辛酸を嘗《な》めて帰還した放蕩息子のように扱われ、厚いもてなしを受けることになった。夫人の自慢は、自宅の夕食会である。ご馳走を出すのはもちろん、客をバランスよく招待するよう心がけた。一員に選ばれて光栄に思わぬ者はまずいない。そんなこんなで、日取りが決められ、会いたい人はいるかと訊かれたのだった。

「一つだけ言っておかないと。ジェイン・ファウラーがまだこっちに滞在中なら、夕食会は延期」

「ジェイン・ファウラー？」

夫人は哀れっぽい笑みを浮かべた。

「私に試練を与える人」

「何ですか、それ？」

「部屋の模様替えをする前、ピアノに写真が置いてあったの覚えてる？女の人の。ぴちぴちの袖が付いたぴちぴちのドレスに金のロケット。髪がひっつめだから、大きなおでこと耳が丸出し。やけにちんまりした鼻に眼鏡を掛けて。そうなのよ、あれがジェイン・ファウラー」

「お部屋の宗旨を替えられる前は写真だらけでしたから、ちょっと……」と、曖昧《あいまい》に答える。

「思い出すとぞっとしちゃう。大きな紙包みにまとめて屋根裏に放り込んだわよ」

「で、ジェイン・ファウラーって誰なんですか？」微笑みながらまた訊く。

「義妹《いもうと》。主人の妹。北部の工場主と結婚してたんだけど、先立たれて、いまは相当な暮らしぶり」

「そんな人がなんであなたに試練を？」

「堅物、野暮天、田舎者。私よりも二十は上に見えるけど、会う人会う人に、学校で一緒だったなんて平気で言えちゃう女。家族の絆をこよなく大切にしていて、親類で残っているのが私だけなものだから、もうべったり。ロンドンに来たら泊まるのはここしかないと思ってるのか――そうしないとこっちが傷つくとでも思ってるのかしら――三週間も四週間も滞在するわけ。同じ部屋にいても、編み物と読書ばっかり。食事をしにお洒落《しゃれ》なクラリッジへ行こうってしつこく誘われるときがあるんだけど、彼女、どう見ても掃除のおばさんでしょ。なのに、彼女と一緒のところを絶対に見られたくない人がきまって隣のテーブルになるの。それでいて帰りの車の中では、ご馳走できてうれしいわ、ですもんね。それと、手作りのプレゼントもある。ティーポット用の保温カバーなんて、来られたら使わなくちゃいけないじゃない。あと食堂で使うものとかもね。食器の下とかテーブルの真ん中に敷くひらひらしたやつ」

ここでしばし息継ぎ。

「奥様のように気転の利く方でしたら、そんな場合もうまくかわせそうなものですが」

「そんなこと言ったって無理よ。あの人、親切このうえないでしょ。心が純真。うんざりして死にそうになるけど、気取《けど》られるわけにはいかないわ」

「それで、いついらっしゃるんですか？」

「明日」

と、返事が出たとたん、玄関でベルが鳴った。ばたばたしている気配がする。一、二分のうちに、執事が年配の婦人を連れて入ってきた。

「ファウラー夫人です」執事が告げる。

「ジェイン」大きな声で言いながら、夫人がぱっと立ち上がった。「今日だと思ってなかった」

「いまもそう言われたとこ。たしか手紙で今日って書いたんだけど」

タワー夫人は落ち着きを取り戻した。

「まあ、別にいいわよ。いつでも大歓迎。幸い本日は予定なし」

「お邪魔にならないかしら。晩ごはんならゆで卵で十分」

一瞬、うっすらとタワー夫人の顔がゆがみ、美貌が崩れた。ゆで卵ですって！

「いやあねえ、もうちょっとましなものできるわよ」

私は内心で吹き出していた。そう言えば二人は同い年なのだ。どう見たってジェイン・ファウラーは五十五である。かなりの大柄。黒いつば広の麦わら帽子をかぶり、両肩に黒いレースのベールが垂れている。凝っているのに地味という不思議なマント。黒のロングドレスは、下に何枚もペチコートを着用しているみたいに膨《ふく》らんでいる。それにがっしりしたブーツ。どうやら近眼らしく、やけに大きな金縁眼鏡でじっと見てくる。

「お茶は？」タワー夫人が訊く。

「ご面倒でなければ。マントを脱がないと」

まず両手にはめた黒の手袋をはずし、それからマントを脱いだ。純金のネックレスには大きな金のロケットがぶら下がっている。亡夫の写真が入っているのは間違いない。続いて帽子を取り、手袋およびマントと一緒にソファの隅に置いた。タワー夫人が口を尖《とが》らす。化粧直しをした客間は、簡素ながらも豪華で美しい。どうしたって衣服が目障りになるのだ。ファウラー夫人も、このずいぶん変わった衣装をいったいどこで手に入れたものか。古くはないし、素材も金がかかっている。四半世紀前に廃《すた》れたような服がまだ作られているのかと思い、とにかく驚いた。あっさりとまとめた白髪まじりの髪は真ん中から分けられ、額と両耳が丸見えになっている。ヘア・アイロンが当てられたことなどあるまい。マントを脱ぎ終わったファウラー夫人が、ふとテーブルに目を向けた。ジョージ王朝様式になる銀製のティーポット、古いウスター磁器のカップが載っている。

「あら、前にあげた保温カバーは?」ファウラー夫人が問いただした。「使ってないの?」

「あれね。毎日使わせていただいてたんだけど」タワー夫人が調子のいい返事をする。

「あいにくちょっと前にね、焦がしちゃったの」

「だって、その前にあげたのも焦がしちゃったんでしょ」

「ほんと、みんなそそっかしいわね」

「まあ、いいわ」ファウラー夫人が微笑む。「また作ってあげるから。明日リバティに行って材料を買ってくる」

タワー夫人の表情はぴくりともしない。たいしたものだ。

「そんなことしてくれなくてもいいのよ。お宅の教区牧師の奥さん、ご入用じゃなくて？」

「あら、それなら作ってあげたばかり」明るい声で言う。

笑うと、白くて小さな歯がきれいにのぞいた。じつに美しい。笑顔が本当に愛らしい人だ。

そろそろお邪魔かと思い、暇乞《いとまご》いをした。

翌朝早く、タワー夫人から電話があった。声の調子で上機嫌なのがすぐにわかった。

「最高のお知らせ。ジェインが結婚」

「まさか」

「今晩うちで婚約者を紹介してくれるそうだから、あなたもいらしてね」

「いやあ、お邪魔でしょう」

「あら、とんでもない。ジェイン直々のご指名。ぜひ、ね」

夫人がからからと笑う。

「相手は誰なんです？」

「さあねえ。建築家とか言ってたけど。ジェインの結婚相手なんて想像できて？」

予定はなかった。おいしい食事を出してくれると思っていい。

着いてみると、タワー夫人しかいなかった。ちょっと若作りのティーガウンが決まっている。

「ジェインなら身だしなみの最終チェック中よ。早く会ってもらいたいわ。そわそわしっ放しなの。めろめろとか言われてるんですって。名前はギルバート。彼の話になると変な震え声になって、おかしいったらない」

「どんな感じの方でしょう」

「あら、それなら簡単。でぶ。禿《は》げ。極太の金鎖を巻いた太鼓腹。ひげなしのぶよっとした赤ら顔。そして、どら声」

ファウラー夫人が入ってきた。やけにぱりっとした黒絹のドレスだ。スカート部分が広がり、裳裾《もすそ》を引きずっている。襟ぐりはごく浅く、袖は肘までの長さ。銀にダイヤをはめ込んだネックレスを下げ、手には黒の長手袋と駝鳥《だちょう》の黒羽根の扇子《せんす》を握っている。見ただけでどういう人間だかわかるというのは珍しい。亡夫が北部で工場主をしていた資産たっぷりの品行方正な婦人。ほかにどう見えるだろう。

「首のところが本当にきれいよ、ジェイン」タワー夫人がいたわるような笑みを浮かべる。

なるほど、日に焼けて荒れた顔と比べ、不思議なほど若々しい。肌は白く、すべすべと滑らか。ふと、肩と頭部のバランスがぴったりなことに気がついた。

「お義姉《ねえ》さんからお聞きになりまして？」そう言って、ファウラー夫人はこちらを向いた。じつに気持ちのいい笑みが浮かんでいる。すでに旧知の間柄という気さえする。

「おめでとうございます」

「それは、私の若い彼氏を見てもらってから」

「もういいでしょ、若い彼氏の話は」タワー夫人が微笑む。

ファウラー夫人の目はやたら大きい眼鏡の奥できらきらと輝いている。

「お爺さんではありませんから。いやでしょ、棺桶に片足突っ込んだよぼよぼと結婚だなんて」

あらかじめ聞けたのはこれだけだった。それ以上の話をする時間がなかった。執事がドアをさっと開け、大きな声でこう告げたのである。

「ギルバート・ネイピア氏です」

一人の青年が入ってきた。見るからに仕立てのいいディナージャケットを着ている。細身で、背はあまり高くない。かすかに天然のウェーヴがかかった金髪。ひげはなく、目は青い。とりたててハンサムというわけではないが、人なつっこくて愛嬌のある顔をしていた。十年後はしわくちゃの土気色となるのだろうが、いまは若さにあふれ、溌剌《はつらつ》としている。二十四より上ということはあるまい。最初、（やもめと聞いたわけでもないのに）婚約者の子息が言《こと》づけに来たのかと思った。父は急な痛風でうかがえません。ところが、である。ファウラー夫人を目にした瞬間、顔をぱっと輝かせ、大きく両手を広げながら近づいていくではないか。夫人も手を広げる。口元にはにかんだ微笑を浮かべ、義姉のほうを向いた。

「私の若い彼氏よ」

青年が手を差し出す。

「奥様のお眼鏡にかなうとよいのですが。たった一人のお身内とうかがっています」

タワー夫人の顔が見物《みもの》だった。育ちのよさと世のしきたりに女の自然な本能が果敢に戦いを挑んだのだ。感服の一語である。何せ、驚愕、狼狽、と露《あらわ》になったのも束の間、すぐに消えて、愛想のよい歓迎の表情が現れたのだから。ただ、言葉には窮しているらしかった。一方のギルバートだが、多少の気詰まりは感じていたろう。無理もない。私はと言えば、笑いをこらえるのに必死で、まったく言葉は思いつかず、結局、落ち着き払っているのは、ファウラー夫人だけだった。

「それなら大丈夫よね、お義姉さん。この人、ご馳走には目がなくて」青年のほうを向く。「ここの食事は有名なのよ」

「だそうですね」青年の顔に満面の笑みが浮かんだ。

タワー夫人がそっけなく応じたあとで、全員、階下に向かった。極上の喜劇となったあの会食は忘れようにも忘れられない。夫人は決めかねていた。二人の悪ふざけなのか、それとも、婚約者の実年齢をわざと隠し、自分の馬鹿面を見たいと思ったジェインの仕業なのか。だが、ジェインは人をからかうこともなければ、意地悪ができる人間でもない。仰天、立腹、当惑する夫人だったが、それでも、持ち前の自制心はすでに取り戻していた。完璧な接待役の務めはパーティの進行にある、と胆に銘じていたからだ。それにしても、ギルバート・ネイピアは気づいていたのだろうか。気さくを装う夫人が復讐に燃えた厳しい目を向けていることに。夫人は値踏みしていた。腹の内を探ろうとしていた。はらわたが煮えくり返っているのだろう。紅に隠れた頬が怒りで真っ赤に燃えていた。

「ほっぺたが真っ赤よ」大きな丸眼鏡で見つめるジェインの目がにこにこしている。

「急いで着替えたから。きっと頬紅の塗りすぎでしょ」

「あら、そのせい？　元からかと。余計なこと言っちゃったわね」ギルバートに恥ずかしげな笑みを向ける。「そうそう、私とマリオン、学校が一緒だったのよ。いまではそう見えないでしょうけど。でも仕方ない。私のほうはひっそり生きてきたんだから」

この一連の発言で何を言おうとしていたのか、いまもってわからない。まさか、ただ無邪気に言っていたわけでもあるまい。だが、理由はともかく、タワー夫人は逆上した。見栄など吹っ飛んでしまった。にっこり笑って、言った。

「おたがいもう五十には戻れないのよね」

相手がたじろぐとでも思ったのか。不発だった。

「ギルバートが言うの。僕を思って、人に年齢を言うならせめて四十九までにしてくれって」ジェインがのんびりと応じる。

タワー夫人の手がかすかに震えた。だが負けてはいない。

「年齢差があるのは間違いないわね」と微笑する。

「二十七歳差。開きすぎかしら。年のわりにはけっこう若いとは言ってくれるんだけど。前にお話ししたわよね、棺桶に片足突っ込んだ人なんかと結婚したくないって」

これにはさすがに笑わされた。ギルバートも笑っている。邪気のない少年みたいな笑い方だ。ジェインの一言一言がおかしくてたまらないらしい。だが、タワー夫人は限界ぎりぎりだった。助け舟が出されなかったら、今度ばかりは自分が世知に長《た》けた人間であることを忘れてしまうのではないか。そう思って、助けの手を思いきり差し伸べてみた。

「嫁入り支度でさぞお忙しいんでしょうね」

「いいえ。最初は、リヴァプールの洋裁師のところでそろえようと思っていたんです。前の結婚のときからお世話になっているので。でも、ギルバートがそれはやめるようにと。ずいぶんと威張ってるみたいですけど、たしかに彼の趣味は抜群ですから」

愛情のこもった笑みを浮かべ、おずおずと相手を見つめるさまは、十七歳の少女を思わせる。

　タワー夫人は化粧の下で真っ青になっている。

「ハネムーンでイタリアに行くんです。これまでギルバートにはルネサンス建築を学ぶ機会がなかったのですけど、建築家なら自分の目で見ないといけません。そういうわけで、途中パリに寄って服を買うことになりました」

「長期のご予定ですか？」

「事務所から半年の休暇がもらえたそうです。ギルバートにしてみたら、大きなご褒美になりますわよね。これまでは取っても二週間でしたから」

「なんでそれだけだったの？」タワー夫人の声からはどうしても冷たさが消えない。

「彼、そんな余裕なかったのよ。かわいそうに」

「あ、そう！」この一言に計り知れないほどの意がこもっていた。

コーヒーが出され、夫人たちは上に行った。私とギルバートは取りとめのない話を始めた。男同士で話すことがないときはそうするものだ。二分後、執事から一枚のメモを渡された。タワー夫人からで、こうある。

すぐ上にいらして。それからとにかく早くお帰りになってね。彼も連れて。いますぐジェインとかたをつけないとおかしくなりそう。

私はもっともらしい嘘をついた。

「タワー夫人が頭痛で横になりたいそうです。よろしかったら一緒に失礼しませんか」

「そうですね」という返事。

挨拶をしに行き、五分後にはもう外に出ていた。私はタクシーを呼び止め、一緒にどうぞと誘った。

「いえ、けっこうです。角まで行ってバスに乗ります」

玄関の閉まる音が聞こえた瞬間、タワー夫人が大声で食ってかかった。

「あなた、正気?」

「精神病院のご厄介になってないなら、だいたいみんな正気じゃないかしら」ジェインはふざけるでもなく言う。

「あの青年と結婚なさろうとするわけをうかがってもよろしいかしら?」と馬鹿丁寧なタワー夫人。

「結婚できないと言っても聞かないのが一つ。申し込み五回よ。断るのにもほとほと疲れたわ」

「彼、どうしてそんなに結婚したがるのかしら?」

「君といると楽しいですって」

タワー夫人が怒りの声を上げた。

「とんだ食わせ者。危うくそう言ってやりそうになったわ」

「そんなのだめよ。それにちょっと失礼だし」

「文無しと金持ち。あなた、すっかりのぼせ上がっちゃって。財産目当てが見え見え」

ジェインはまるで動じない。義姉の興奮ぶりを冷静に観察している。

「そんな人じゃないと思うわ。私のことが大好きなだけ」

「お婆さんなのに」

「あなたと同い年よ」と言って微笑む。

「私はいつも身なりを気にしてますから。年のわりにもだいぶ若いし。四十すぎとは誰も思わないでしょ。でも、だからって二十も年下と結婚なんて考えもしない」

「二十七ね」ジェインが訂正する。

「母親くらい離れた女を好きになったっておかしくないとか言うわけ？」

「長いことどっぷり田舎暮らしでしょ。どうも人間について知らないことが多いみたい。なんだかフロイトとかいう人がいるんですってね。オーストリア人で。思うんだけど……」

遠慮もへったくれもなくタワー夫人が口を挟んだ。

「何わけのわかんない話をしてんのよ。まったくみっともない。見苦しいわ。まともな人だと思ってたのに。まさか子供相手に恋愛するような人だったとは」

「別に恋愛してるわけじゃないの。本人にもそう言ってある。そりゃあ大好きよ。じゃなきゃ結婚しようなんて思わない。ただね、自分の気持ちをはっきり伝えてやらなければ悪いと思ったの」

タワー夫人は息をのんだ。一気に血が頭へ上り、喘《あえ》いでいる。扇子がないので、夕刊を引っつかみ、ばたばた扇《あお》いだ。

「恋愛じゃないんだったら、なんで結婚なのよ？」

「主人が死んでだいぶ経《た》つし、ひっそりした生活だったでしょ。このあたりで変化もいいかなって」

「結婚生活がお望みというだけなら、どうして同世代の人と結婚しないわけ？」

「同世代に五回も言い寄られたことないもの。というか、言い寄られたこと自体ない」

そう言いながらくすくす笑った。さすがにタワー夫人の怒りも絶頂に達した。

「何がおかしいのよっ。もーたくさん。頭がいかれちゃったのね。ひどすぎるわ」

限界だった。夫人はうわっと泣き出した。この年で涙が悲惨なのはわかっている。一日中、目が腫《は》れ、見られたざまではない。だが、どうしようもなかった。かまわず泣いた。ジェインは冷静なままだった。大きな眼鏡で夫人をじっと見つめ、思案深げに黒い絹のドレスの膝あたりを伸ばしている。

「不幸のどん底が待ってるわよ」タワー夫人はしゃくり上げ、マスカラがにじまないようにそっと両目をこすった。

「そんなことないと思うんだけど」ジェインがいつもの動じぬ穏やかな口調で返した。

その言葉の裏にはかすかな笑みでも隠されているのか。「とことん話し合ったから。普段から思ってるんだけど、私って一緒に暮らしやすい人間なの。ギルバートには大きな幸せと安心感を与えてあげるつもり。これまでちゃんと面倒を見てくれる人がいなかったんだから。結婚も考えに考えた末。それに、一方が別れたいと言ったら邪魔をしない約束もしてあるし」

ようやくどうにか立ち直ったタワー夫人がきつい一言を放った。

「いくら出してくれって言われた?」

「年千ポンド出してあげるつもりだったのに、聞き入れてくれなかった。そんなこと言ったものだから、ひどい傷つきようよ。必要なものは自分で稼げるから、ですって」

「思った以上にずる賢いわね」タワー夫人は辛辣《しんらつ》だった。

ジェインは少し間《ま》を置いた。優しくはあるが覚悟を決めた目つきで義姉を見つめる。

「ねえ、いいかしら。お義姉さんとは事情が違うの。あなた、未亡人らしくしたことなんかないじゃない」

タワー夫人が見返す。顔が少し赤い。いささか気まずかった。だが、根っから単純なジェインが嫌みを言うことなどありえない。タワー夫人は毅然とした態度に戻った。

「気が動転しすぎて、寝ないと本当にだめだわ。話の続きは明朝」

「それはちょっと都合が悪いわ。明日の朝、ギルバートと結婚許可書をもらいに行くから」

タワー夫人は両手を上げた。お手上げ、である。もう言うべき言葉はなかった。

結婚は登記所で行われた。タワー夫人と私が立会人である。りゅうとした青いスーツのギルバートはむやみと若く、見るからにそわそわしていた。男にとっては試練の瞬間なのだ。一方、ジェインは見事に落ち着いている。結婚慣れしている社交界の花形だと言ってもおかしくない。頰のわずかな赤みだけが、冷静な表面の下にほのかな興奮が潜んでいることを匂わせた。女にとっては胸ときめく瞬間なのだ。ゆったりしたドレスは銀灰色《ぎんかいしょく》のビロード地で、仕立てから判断するに、長年ロングドレスを作ってくれているというリヴァプールの洋裁師（明らかに人品卑しからざる寡婦）によるものだろう。だが、今日のお祭り気分に乗せられて、鵞鳥《がちょう》の青羽根が派手に飾られた大きなつば広の帽子をかぶっている。それが金縁眼鏡のせいで異様に馬鹿げて見えた。式が終わると、（どうやら両人の年齢差に面喰らっているらしい）登記官が握手を交わし、役人らしい形式ばった祝辞を述べた。そして、ほんのりと頰を染めた花婿が花嫁にキスをする。諦めてはいるが怒りの収まらないタワー夫人もキスをした。すると、花嫁が期待するような目でこちらを見てきた。仕方がないので私もキスした。じつを言えば、登記所を出てからがちょっと恥ずかしかった。待合室で意地悪く見物を決め込んだ連中の前を通るからだ。タワー夫人の車に乗り込んだときにはほっとした。車はヴィクトリア駅に向かった。新婚夫婦は二時の列車でパリへと出発することになっており、式後の食事会を駅の食堂でしてしまおうとジェインが主張していたからである。「十分な余裕を持ってホームで待たないといつも落ち着かないの」と言う。家族としての強い義務感から同行していたにすぎないタワー夫人は、二人をいい気分で旅立たせてやろうという心遣いなどまるで見せない。何も手をつけなかった（もっとも、これは責められない。死ぬほどまずい食事だったのだ。だいたい、昼食にシャンペンはなかろう）。声も無理している。だが、ジェインは食事を律儀に平らげた。

「やっぱり、旅の前はたっぷりの食事ね」

二人を見送ってから、私もタワー夫人宅まで車に乗った。

「どれくらいもつと思う？」夫人が訊いてきた。「半年？」

「うまくいくことを願うだけです」私は微笑んだ。

「馬鹿おっしゃい。うまくいくわけないじゃない。持参金目当ての結婚に決まってるんだから。長続きなんて無理。とにかく、仕方ないとはいえ、ジェインには苦しみを味わってもらいたくないの」

これには笑った。慈悲の言葉を述べる口調を聞けば、夫人の本意は明白だったからだ。

「そうですねえ、長く続かなかった場合、ご自分を慰める方法があります。だから言ったでしょ、と言ってやるんです」

「そんなこと絶対に言いません」

「それなら、ご自分の自制心を褒めてあげることです。だから言ったでしょ、とは言わないわけですから」

「あの人、婆くさいし、つまらない」

「そんなにつまらないですか？　たしかにあまり口数の多い人ではありません。ですけど、口を開けば、かなり的を射たことをおっしゃいますよ」

「私は一度だって冗談なんか聞いたことありませんから」

ギルバートとジェインが新婚旅行から戻ってきたのは、私が極東を再訪中のときだった。今回は二年ほど滞在した。タワー夫人というのは文通相手としては役立たずで、折を見て絵葉書を送ったところで何の返事もない。それが、ロンドンに戻って一週間もしないうちに本人とばったり会うことになった。あるパーティに招かれ、隣が夫人だったのだ。盛況な会で、二十四人いたと思う。童謡に出てくる「パイの中の黒ツグミ」とちょうど同じ数だ。着いたのがちょっと遅かったので、まごつくほど人が多く、誰がいるのかわからない。ただ、一同が席に着いたあと、長テーブルを眺め回して気がついた。同席者の相当数は、新聞の写真で世間によく知られる人たちだった。接待役の女性はとにかく名の知れた人に弱く、これだけ集めれば壮観と言うしかない。私はタワー夫人と二年の空白を埋める型どおりの会話をしてから、ジェインの安否を問うた。

「元気、元気」なぜかそっけない。

「結婚のほうはどうなりました？」

夫人は少し間を置き、目の前の皿から塩味のアーモンドをつまんだ。

「大成功のご様子」

「ということは、予測がはずれたわけですか？」

「長続きしないと言っただけで、その考えはいまも変わんないわよ。だって釣り合わないもの」

「お幸せなんですか？」

「どっちも」

「あまりお会いになっていないようですね」

「初めのうちはちょくちょく会ってたんだけど、最近は……」少し口をつぐむ。

「ジェインがずいぶんと貫禄をつけてきちゃって」

「それはまたどういうことです？」私は笑った。

「今日ここに来てるって言わないとだめなのね」

「ここに、ですか？」

私はぎょっとした。もう一度テーブルを見回す。主人役はもてなし上手で愉快な女性だったから、このようなパーティに無名建築家の泥臭い老妻を招待するとはとうてい思えない。当惑する私の思いを見透かしたのか、タワー夫人がうっすらと笑った。

「ご当主の左側」

言われたほうに目をやった。おかしい。その女性なら、ごった返す客間に通されたときすぐ目に留まった。風変わりな格好だったのだ。おやっという目をされた気もしたが、私には会った覚えがなかった。髪がかすかに緑がかった灰色をしているので、若くはない。その髪はきつめにウェーヴがかけられ、形のよい頭部をたっぷりに覆っている。それに若く見せようともしていない。集まった人の中でひときわ目を引いたのも、口紅、頰紅、白粉《おしろい》のどれ一つとして使っていないからである。顔立ちも、とりたてて美しいというわけではなく、日焼けして赤い。だが逆に、まるで細工をしていないからこそ、その自然な感じがとても気持ちよかった。その顔と不思議な対照をなしているのが両肩の白さである。見事の一語に尽きる。三十の女性でも自慢に思っていい。ただ、ドレスが尋常でなかった。これほど大胆なものを目にする機会はそうそうない。ざっくりと開いた襟ぐり。流行りの短いスカート。これが黒と黄。仮装ぎりぎりである。なのに、よく似合っているので、まるで違和感がない。ほかの人が着たらぶち壊しとなろう。とにかく、奇抜だが気取りがなく、豪奢だが衒《てら》いがない。そんな印象を仕上げるかのように、幅広の黒リボンで下げるタイプの片眼鏡をしていた。

「そんなまさか、あの人だなんて」私は息をのんだ。

「あれがジェイン・ネイピア」夫人はつっけんどんに言った。

ちょうど当人がしゃべっている最中だった。興味津々の当主は期待に笑みを浮かべている。その左隣には白髪が禿《は》げかかった目鼻立ち鋭い知的な顔の男性が座り、熱心に身を乗り出していた。向かいのカップルもおしゃべりをやめ、聞き入っている。ジェインが言うだけのことを言ったらしい。すると、全員がぐいっと身をのけぞらせ、どっと笑った。向かい側の男性がタワー夫人に話しかけてきた。著名な政治家だ。

「また義妹《いもうと》さんの冗談ですね」

夫人が微笑む。

「彼女、傑作でしょ？」

「ちょっとシャンペンをぐっとやらせてください。それから全部うかがいますから」

私は言った。

さて、どうやらこういうことらしい。新婚旅行に出てすぐパリに着くと、ギルバートはジェインをいろいろな洋裁師のところに連れていき、好みのロングドレスを何着か好きなように選ばせる一方、ドレスを一、二着、僕のデザインで作らせてくれないか、と口説いた。そういうことにも心得があったと思《おぼ》しい。気の利くフランス人の娘まで雇い入れた。ジェインには、こういう存在がいた例《ためし》はない。繕《つくろ》いなら自分でしたし、「おめかし」の必要があるときは、ベルを鳴らしてメイドを呼べばよかったのだ。ギルバート考案のドレスは、いきなり極端へと走らないように配慮をしてあったが、なじみの服とはだいぶ違っていた。喜んでくれるならと自分に言い聞かせ、疑念を抱《いだ》きつつ、身につけてみた。自分で選んだ服はやめた。そうなると、いつもの膨んで見えるペチコートも着られない。不安はよぎったが、残らずお払い箱にした。

「だからね、あなた」非難のつもりか、タワー夫人は鼻をふんと鳴らした。「薄いシルクのストッキングしか穿《は》いてないわけ。あの年なんだから、風邪引いて死んじゃうわよ」

ギルバートとフランス人の娘に着方を教わったジェインは、思いもよらないことに、すぐにこつを呑み込んだ。娘は、奥方の腕と肩にうっとりとなった。こんなに美しいのですから、お見せにならないなんて罪ですわ。

「落ち着いて、アルフォンシン」ギルバートが言う。「次にデザインする服で、奥様の魅力を最大限に引き出すつもりなんだから」

こうなると件《くだん》の眼鏡が問題だった。金縁眼鏡の似合う人間などいるはずがない。ギルバートは鼈甲《べっこう》の眼鏡をジェインに試してみた。首を横に振る。

「若い子ならぴったりなんだけどなあ。そもそも眼鏡が似合う年じゃないんだよ」ふとひらめいた。「そうだ、そうだ。片眼鏡」

「まあ、ギルバート。無理よ」

そう言って夫に目をやったジェインは、彼の興奮ぶり、芸術家としての興奮ぶりを見て、思わず笑みを浮かべた。愛《いと》おしくて、喜ぶことは何でもしてやりたくなる。

「わかった、はめてみてあげる」

眼鏡店に行き、サイズを合わせ、わくわくしながら片眼にはめると、ギルバートは拍手をした。驚く眼鏡屋にもかまわず、妻のほっぺたにキスの雨を降らせる。

「似合ってる」大きな声で言った。

その後、二人はイタリアに行き、ルネサンス建築やバロック建築を見学して幸せな数カ月を過ごした。ジェインは、以前と違う外見に慣れ、それを喜んで受け入れるようにもなった。初めのうちは気恥ずかしかった。ホテルの食堂に入っていくと、みんながが振り向いてじっと見てくる。それまではわざわざ見ようとする人などいなかったのだ。でも、やがてそんなふうに注目されるのも気にならなくなった。そのドレスはどこでお買いに、と尋ねにくる婦人たちもいた。

「お気に召しまして？」取り澄まして答える。「主人がデザインしてくれましたの」

「まねさせていただいてもよろしいかしら」

たしかに長年ひっそりかんと暮らしてきた。だからといって、女なら当たり前の本能がなくなるというわけでは決してない。当然、答えはこうなる。

「本当に申し訳ないんですけど、すごく気難しい夫《ひと》なんです。ドレスのまねなんて許すはずがありません。君には特別でいてもらいたいと申しまして」

こう言えば笑ってもらえると思った。だが、笑わない。真面目にこう返された。

「ええ、それはもちろんですわ。いまだって特別でいらっしゃいますもの」

と言いつつ、服を頭でメモしている。なぜかあまりいい気分はしなかった。初めて他人と違うものを着てみたら、他人が自分と同じものを着ようとする。どうしてなのだろう。

「ギルバート」珍しく口調がきつい。「今度ドレスをデザインするときは、絶対まねできないのにして」

「となると、君にしか着られないものを作るしかないね」

「できないってこと？」

「できるさ。ちょっと頼みを聞いてくれたらだけど」

「何よ？」

「髪を切って」

　ジェインが尻込みしたのはこれが初めてだったろう。少女時代はこの豊かな髪が相当に自慢だった。それをいきなりばっさりいこうというのだ。あとには引けなくなる。初めの一歩を踏み出すのはあまり苦労しなかったが、この最後の一歩となると違う。それでも踏み出した（きっとお義姉さんには大馬鹿者と思われるでしょうね。リヴァプールにだって行けなくなる。絶対に絶対）。帰国の途中でパリを通る際、世界一の美容師のところへ連れていかれた（心臓が早鐘を打ち、なんだか気持ちが悪かった）。そして、店を出たときには、自信たっぷりの生意気な髪型になっていた。灰色の髪が波打ちながらカールしている。ギリシア神話で言えば、ピュグマリオンが自身の奇想天外な傑作に仕上げを施したということになるのか。彼が作った像に命が吹き込まれたのだった。

「なるほど」私は言った。「でも、それだけだと、ジェインが今晩ここにいる理由がわかりません。公爵の奥方、大臣といったお歴々がこんなに集まっていて、しかも、当主と提督に挟まれて座っているんですから」

「話が面白いからよ」夫人が答える。「ジェインが何か言ったらみんな笑ったでしょ?」

夫人の心に敵意が宿っているのは疑いようもない。

「ジェインにハネムーンから帰国と知らされたとき、二人を夕食に呼ぶ必要があると思ったのね。あんまり乗り気じゃなかったけど、義務感から。つまらない会になるのは目に見えてるし、大事なお客さまたちを退屈させるわけにもいかなかった。かといって、素敵なお友達がいないとジェインに思われるのも癪《しゃく》よね。ご存じのように、いつもは必ず八人までにしてるけど、今度ばかりは十二人にしたほうがうまくいくと思ったわ。ずっと忙しくて、本人に会えたのは当日の晩だった。ギルバートの入れ知恵なんでしょ、みんなをちょっと待たせて、それからようやくご登場……。あれにはたまげたわよ。おかげで、ご婦人方が全員、田舎の婆さんに見えちゃって。この私だって、厚塗りの娼婦にでもなった気分だったんだから」

夫人が少しシャンペンを飲む。

「何て言ったらいいのかしら、あのドレス。ほかの人だと全然ありえないのに、彼女が着ると完璧なんだから。あと、そうそう、片眼鏡。三十五年の付き合いになるけど、いつも普通の眼鏡だったのよ」

「そうはおっしゃいますが、スタイルのよさはご存じですよね？」

「知らないわよ。いつだってあなたも最初に見たあの格好なんだから。スタイルがいいと思った？　とにかく、周囲のざわつきに気づいていないどころか、当然って顔してた。ただ、会のことを考えると、安心ではあったわね。ちょっと扱いにくい人だけど、あの見た目だったら大丈夫だと思ったから。席は反対側。よく笑い声が聞こえてきた。ほかの人たちがうまくやってくれているんだと思ってほっとした。ところがよ。食事が終わって、びっくり。殿方が三人も近づいてきたと思ったら、義妹さんは傑作ですなあ、だもの。おまけに、表敬訪問できますかねえ、でしょ。天地がひっくり返ったかと思ったわ。翌日には、ここの奥様から電話。ロンドンにいらしてる義妹さん、傑作だとか。ご紹介いただきたいんですけど、ご昼食にお邪魔できませんかしら……。鼻が利くわね、あの女《ひと》。で、ひと月もしたら、猫も杓子《しゃくし》も、ジェイン、ジェイン。今日だって、私がここにいられるのも、奥様とは二十年来の知己《ちき》で、何度も何度も夕食に招待してあげたからじゃあないのよ。ジェインの義姉《あね》ってだけ」

タワー夫人もお気の毒に。悔しかろう。形勢が大逆転してしまったのだから。こちらとしては愉快だったが、同情されてしかるべきだとは思った。

「笑わせてくれる人にはどうしたって勝てません」慰めているつもりだ。

「笑わせてもらうことなんてないわよ、私の場合は」

またまた向こうから馬鹿笑いが聞こえてきた。ジェインが今度もうまいことを言ったらしい。

「あの人の面白さがわからないのはご自分だけということですか？」私は微笑を浮かべて尋ねた。

「あなた、彼女が愉快な人だと思ったことあって？」

「いえ、残念ながら」

「三十五年間、同じ話ばかり。みんなが笑うから笑うのよ。そうしないと大間抜けじゃない。でも、私は面白くない」

「ヴィクトリア女王みたいですね。私は面白うない」

くだらない冗談だった。夫人にもぴしゃりと言われた。別の線から攻めてみる。

「ギルバートは来てますか？」テーブルを見渡す。

「招待はされたみたいね。ジェインたら、一緒じゃないとどこにも行こうとしないから。でも、今夜は建築協会とか何とかの夕食会」

「早く彼女と旧交を温めたいところです」

「食事のあと話しに行ったら？　火曜の会に呼んでくれるわよ」

「火曜の会？」

「人を呼ぶのがいつも火曜の晩なの。噂の著名人がこぞって来る。ロンドンで最高のパーティ。私が二十年かけてできなかったことを、一年でやられちゃったわ」

「しかし、お話を聞く限り、まるで奇跡ですね。どうしてこんなことに？」

タワー夫人が、形はいいが脂肪たっぷりの肩をすくめた。

「私が教えてもらいたいくらいよ」

食事が済み、ジェインが座るソファのほうに行こうとした。だが、なかなか前へ進めない。少しすると女主人がやってきて、言った。

「今夜の主役に紹介しないと。ジェイン・ネイピアはご存じかしら。傑作なのよ。あなたがお書きのコメディよりずうっと面白い」

ソファに連れていかれた。食事のとき横に座っていた提督がまだ引っついている。席を譲ってくれる様子はない。ジェインが握手をしてから紹介してくれた。

「レジナルド・フロビシャー提督」

会話が始まった。昔のジェインと変わらない。まったくもって単純素朴、気取りはなし。なるほど、見かけが奇抜なため、発する言葉に不思議な味わいが出る。ふと気がつけば、腹を抱えて大笑いしていた。的を射た当たり前のことを言ったにすぎない。機知に富むところなどまるでなかった。なのに、その物言い、片眼鏡の奥の無表情のせいで、どうしても抑えられなかったのだ。心が軽くなり、うきうきした。そばを離れようとしたときだった。

「ほかにお楽しみもないんでしたら、火曜の晩うちにいらして。ギルバートも大喜びよ」とジェインに誘われた。

「この御仁だって、ロンドンにひと月となったら、ほかに楽しみなどないとわかるでしょうな」提督は言った。

というわけで、火曜日。着いたのはかなり遅く、すでに集まった人の顔触れを見て、正直、いささか驚いた。作家、画家、政治家、役者、貴婦人、絶世の美女。タワー夫人の言うとおり、豪華なパーティである。宮殿をしのぐと言われたかのスタフォード・ハウスが売却されて以来、ロンドンでこれほどの会を見たことがあっただろうか。格別なもてなしはされなかった。酒肴《しゅこう》に派手さはなく程よかった。ジェインはいつもの静かな感じで楽しんでいた。客人に特別な気遣いを示す様子はない。にもかかわらず、誰もが去りがたく思っているのか、陽気で愉快なパーティがお開きになったのは、午前二時のことだった。その後もよくジェインに会った。自宅へと頻繁に足を運んだのはもちろん、昼食会や夕食会でもやたらと出くわした。

ユーモアを愛する人間としては、その独特な才能がどこにあるのか突き止めたかった。同じことを言えばいいというものではない。あのおかしさは、ある種のワインと同じで、場所を移すと味わいがどうしたって落ちてしまうのだ。彼女には警句の才などなかった。当意即妙が光るということもない。発言には悪意もなければ、返答に棘《とげ》があるのでもない。機知の要《かなめ》は簡潔さよりも下品な点にあると言う人もいる。ところがジェインは、お上品なヴィクトリア朝の人間だったら顔を赤らめそうな品のないことはちっとも言わなかった。あのユーモアは無意識のもので、あらかじめ考えておいたのではないと思う。花から花へと舞う蝶のごとく、ただの気まぐれまかせ、型や狙いがあってのことではない。ひとえに物言いと表情による。それを一段と玄妙にしたものこそ、ギルバートのおかげで生まれた自慢の豪奢な風采にほかならない。もっとも、風采だけがすべてではなかったが。いまやもちろん売れっ子のジェインである。口を開けば誰もが笑った。

ギルバートがずっと年上の女性と結婚したことを訝《いぶか》る者はもはやない。ジェインは年齢と無縁の存在、ギルバートはとんでもなく運のいいやつ、と周囲の人間は思った。例の提督は、シェイクスピアの『アントニーとクレオパトラ』から引用して、「齢《よわい》もその容色を蝕《むしば》みえず、逢瀬《おうせ》もその果てなき変化を古びさせえぬ」と言った。妻の成功にギルバートは喜んだ。私も彼を深く知るにつれ好感度をアップさせた。どこをどう見ても悪党ではない。金目当てでもない。ジェインのことが鼻高々なのはもちろん、惚《ほ》れ込んでもいたのだ。伴侶に示す優しさには心を動かされた。自分のことはまったく二の次。心根の優しい青年だった。

「それはそうと、ジェインのことどう思います?」勝ち誇る少年のように訊いてきたことがある。

「お二人とも素晴らしい点では甲乙つけがたい」

「いやあ、僕なんか」

「またまた。私の目は節穴じゃありませんよ。いまのジェインがあるのは君のおかげ。君だからですよ」

「褒められるとすれば、目には見えなかったものが見えたという点くらいです」

「あのあっぱれな姿を予測したことはわかります。じゃあいったいどうやってユーモアの持ち主にしたんですか？」

「するも何も、一言一句がたまらなくおかしいと前々から思ってましたから。もともとそうだったわけです」

「ともかくそう思ったのは君だけだった」

タワー夫人も、度量がないわけではないので、ギルバートへの判断が間違っていたことを認めた。相当な愛着を感じるようにもなっていた。だが、事情はどうあれ、結婚生活が続くわけはないという判断は頑として変えなかった。これは笑えた。

「ですが、こんな理想のカップルは見たことがありませんよ」

「いまギルバートは二十七でしょ。ちょうどかわいい娘が放っておかない年頃。この前の夜、ジェインのところで気づかなかった？　レジナルド・フロビシャー提督のかわいらしい姪御《めいご》さん。二人のこと、ジェインがかなり注目してたわよ。あれ、おかしいな、と思ったわけ」

「ほかの娘《こ》に奪われる心配はしていないでしょう」

「まあ見てらっしゃい」

「この前は、もって半年とおっしゃってましたが」

「じゃあ、今度は三年」


自信たっぷりに言われた場合、「はずれてくれ」と思う。人間なら仕方がない。それほどタワー夫人は自信にあふれていたのだ。しかし、私の願いは聞き届けられず、夫人の確信に満ちた読みどおり、かの年の差夫婦に終わりが訪れた。もっとも、運命の女神が期待に応えてくれることはめったにない。夫人も「当たったじゃない」といい気になるのはけっこうだが、これならむしろ間違いだったらよかったと思ったのではあるまいか。何せ、まったく予測したようには終わらなかったのだから。

ある日のこと、タワー夫人から緊急連絡が入った。折よくすぐ会いに行けた。部屋に案内されると、夫人は立ち上がり、獲物を狙う豹のようにすすっと寄ってきた。興奮している。

「ジェインとギルバートが別れたわ」

「嘘でしょう？　では、やはり予想どおりでしたか」

夫人が不可解な表情を見せた。

「ジェインもかわいそうに」私はぼそりと言った。

「ジェインもかわいそうに！」鸚鵡《おうむ》返しの口調に強い嘲《あざけ》りがこもっている。私は唖然とした。

夫人がどうにか一部始終を伝えてくれた。

私を電話で呼ぶ直前までギルバートがいたという。部屋に入ってきたときは顔面蒼白、すっかり取り乱していた。夫人にも大事件が起きたのはすぐわかった。話の中身は言われるまでもない。

「ジェインが出ていきました」

夫人は少し微笑み、相手の手を握った。

「思ったとおり、紳士の振る舞い。捨てたのがあなたって思われたら、彼女もつらかったでしょうから」

「きっとわかってくださると思って参りました」

「まあまあ、あなたのせいじゃないわ」すこぶる優しい。「運命《さだめ》だったの」ため息をつくギルバート。

「だったと思います。いつまでも続くなどと思い込んで。素晴らしすぎる女《ひと》だった。何の変哲もない僕なのに」

夫人がぽんと肩をたたく。青年は立派に振る舞っていた。

「で、今後は？」

「それでしたら、ジェインは離婚すると言っています」

「ジェインの口癖だったわね。いつかあなたが若い娘《こ》と結婚したがったら、すっぱり身を引くというのが」

「この僕がいったい誰と結婚を？　あのジェインがいるのに」

夫人は戸惑った。

「もちろんあなたのほうから別れたのよね」

「なぜ僕が。そんなまさか」

「じゃあ、向こうに離婚したがる理由があるとでも？」

「離婚が成立したらすぐレジナルド・フロビシャー提督と一緒になるためです」

夫人が絶叫した。失神寸前。気つけ薬が必要だった。

「何もかもしてやったのに？」

「僕は何も」

「便利屋のままでかまわないわけ？」

「結婚前に決めましたから。どちらかが自由を望んだら邪魔はしないと」

「でもそれは、あなたが、という意味でしょ。何せ二十七も下なんだから」

「まあ、彼女の役に立ったということです」自嘲気味な答えだった。

夫人は忠告し、憤り、説いた。だがギルバートは、「ジェインに常識は当てはまりません。何でも望みどおりにさせてやります」と言ってきかなかった。夫人の完敗だった。もっとも、私相手に一連の出来事を完全再現できたせいで、だいぶ気が治まったらしい。やっぱり驚いているのを見て喜んでいた。ただ、ジェインへの怒りがさほどでもないと見るや、男の道徳観の欠落は犯罪に等しい、と言ってきたが。

そんな極度の昂《たかぶ》りが治まりきらないところへ、ドアが開けられた。執事が案内したのは、ジェインその人ではないか。身につけているものが白と黒というのは、なるほど、いささかあやふやな立場にぴったりである。ところが、ドレスは奇抜で突飛、帽子は派手ときた。開いた口が塞《ふさ》がらない。もっとも、泰然自若なのはいつもと変わらず、キスをしようとタワー夫人のほうに近づいていった。だが、当の夫人はすうっと身を引いた。

「ギルバートが来てたわ」

「知ってる」ジェインはにっこりとした。「私が訪ねるように言ったんだから。今夜パリに発つんだけど、留守のあいだ彼の力になってくれないかしら。しばらくは寂しくて仕方ないと思うの。面倒を見てもらえると、私もずっと気が楽になる」

タワー夫人が両手をぎゅっと握りしめた。

「おいそれとは信じられない話を聞いたところなんだけど。あなた、離婚してレジナルド・フロビシャー提督と結婚するんですってね」

「覚えてなくて？　あなた、私が結婚する前、同世代の男《ひと》と結婚しなさいって言ってたじゃない。提督、五十三よ」

「そうは言ったって、あなた。何もかもギルバートのおかげじゃない」タワー夫人が憤然とする。「彼がいなければ、いまのあなたはない。もう服を作ってもらえないんじゃ、ただの人よ」

「あら、これまでどおり作ってくれるって」ジェインが平然と受ける。

「あれ以上の旦那さんなんていやしないのに。いつだって優しさの塊で」

「そうね、ずっと親身になってくれた」

「いったいどうしてそんな惨《むご》い仕打ちができるわけ？」

「だって、愛してなかったもの。それは常日頃から言ってあった。いまは、同世代の男性がそばにいてくれたらいいなと思ってる。ギルバートとの家庭生活はもう十分。若い人って会話がだめね」ちょっと言葉を切り、うっとりとする笑顔を見せた。「もちろんギルバートと絶縁したわけじゃない。その点はレジナルドとも話をしてある。ギルバートにお似合いの姪御さんがいるらしいの。結婚したらすぐに二人をマルタ島に呼ぼうと思ってるわ。ほら、提督が地中海管区を指揮することになってるから。そこで二人は恋に落ちるって寸法よ」

タワー夫人が軽く鼻を鳴らした。

「で、提督とも、自由を望んだらおたがいに邪魔しないって決めたわけ？」

「持ちかけてはみたんだけど」ジェインは淡々と答える。「でも、言うの。いいものは見ればわかる。ほかの誰とも結婚したくはない。君と結婚したいなんて吐《ぬ》かすやつが現れたら、こっちには旗艦の十二インチ砲が八つあるんだ、大砲の目の前で話し合いをしてやる」片眼鏡の向こうに浮かぶ表情を見せられたら、いくらタワー夫人の雷が恐ろしくとも、吹き出さずにはいられなかった。「まったく一途《いちず》な人なのよね」

私に向けられたタワー夫人の渋面が怒っている。

「あんたなんか面白くも何ともなかった」タワー夫人は言った。「なんでみんな笑ってたのかしら」

「自分でも面白いなんて思わなかったわよ」ジェインがにこりとした。ぴかぴかの歯並みがのぞく。「よかった。誰も彼もがそう思う前にロンドンを出られて」

「大成功の秘密を教えていただけませんか」

そう私が言うと、ジェインはこちらを向き、いつもの飾りない素朴な表情を見せた。

「そうねえ。ギルバートと結婚してロンドンに落ち着き、話をすると笑いが起きるようになって誰よりも驚いたのがこの私だった。似たり寄ったりの話を三十年、笑ってなんてもらえなかったから。きっと服装か髪型か片眼鏡のせいと思ったけど、あとで気がついた。私ったら本当のことを口にしちゃうのね。そういうのって珍しいから、面白いと思われるわけ。そのうち秘密が嗅ぎつけられて、世間もそうするようになったら、滑稽でも何でもなくなるわ」

「でも、なんで私だけがおかしいと思わないわけ？」タワー夫人が質問をぶつけた。満足のできる答えを探しているかのようにして少しためらってから、ジェインは答えた。

「そうねえ、真実を前にしても気づかないからかしら」いつものように気立ての優しい口調である。

間違いなくジェインの勝ちだった。この先もジェインに勝てる者はいないのだろう。まったく傑作な女《ひと》だ。

マウントドレイゴ卿

オードリン博士は机の時計に目をやった。五時四十分。患者の遅刻を意外に思った。マウントドレイゴ卿は時間厳守を身上としている。大仰《おおぎょう》な物言いで月並みな意見を警句のように響かせる卿は、いつもこう言っていたのだ——「時間厳守とはすなわち智者への賛辞であり、愚者への戒めである」予約は五時半だった。

博士の外見に目を引く点はない。長身痩軀《ちょうしんそうく》である。なで肩、猫背気味。グレーの髪は薄く、長い顔は土気色をして、しわが深い。せいぜいのところ五十なのに、もっと老けて見えた。やけに大きい薄青の目に疲労の色がにじんでいる。博士を前にしばらく座っていると、視線がまずぶれないということに気がつく。こちらをじっと見てくる。ただ目に表情がないので、居心地の悪さは覚えずに済む。輝きを見せることは皆無だし、考えを読み取る手がかりとしては役立たず、発する言葉で変化することもない目である。観察眼のある人ならば、瞬《まばた》きの数が余人と比べ格段に少ないことに思い至るだろう。それから、指が長い。先に向かって細くなっている。大きめの手は、すべすべしているが引き締まっており、冷んやりしているが湿っぽくはない。服装はどうか。気にして見ないと、どんなものだかわかるまい。服はダーク系で、ネクタイは黒。そんな服装だから、しわが深い土気色の顔も淡色の瞳も、さらに色が薄れて見える。ひどく具合の悪そうな男。そんな印象を与えた。

博士は精神分析医である。この職に就いたのは偶然にすぎず、不安を抱《いだ》きつつ仕事をしていた。医師免許を取得後まもなくのこと、あちこちの病院で経験を積んでいる最中《さなか》に戦争が始まった。当局に医療奉仕を申し出ると、しばらくしてフランスへと派遣された。特異な才能に気づいたのはこのときである。冷んやり引き締まった手で触ると和らぐ痛みがあり、話しかけられた不眠症の患者がたびたび眠気を催した。オードリン博士はゆっくりと話す。声は無色透明、言葉で口調が変わることもない。心地よい静かな音楽と言えようか。兵たちに向かい、「よく休むことです」「心配いりません」「お眠りなさい」と告げる。すると、休息が疲れきった骨身に染みわたり、座る隙間もないベンチでスペースを空けようとするように、穏やかな気分が不安をわきに押しのける。そして、春の小雨が耕されたばかりの地面に落ちるかのように、まどろみが疲れたまぶたに訪れるのだった。博士は気づいた。持ち前の単調な低い声で話しかけ、色の薄い落ち着いた目で見つめ、疲労が残る額を引き締まった大きな手で撫《な》でてやれば、動揺が治まり、心をかき乱す葛藤が解消し、人生を苦痛に変える恐怖が雲散霧消するということに。

奇跡と紛《まが》う治癒をもたらすこともあった。砲弾の爆発で生き埋めになり口が利けなくなった男がしゃべり、飛行機の墜落で身体の麻痺した男が手足の自由を取り戻したのである。自分の力が嘘に思えた。こんなときは自分を信じろと言われるが、疑り深いのでなかなかできなかった。だが、何でも疑ってかかる人間が見ても認めざるをえない結果が出る。それでどうにか信じる気になれたのだ。自分には出所不明の曖昧模糊《あいまいもこ》とした能力があり、だから説明不可能なことができるのだ、と。

戦後、ウィーンに行って研究し、それからチューリッヒに向かった。その後、ロンドンに居を構え、摩訶不思議な形で備わった力を頼りに仕事をするようになった。十五年が経《た》つ。この方面では飛び抜けた名声を得ている。驚異の術が噂となり、高額な料金にもかかわらず患者が押し寄せた。とてつもない成果を上げてきたことは承知している。自殺せずに済んだ者たち。精神病院送りを免れた者たち。価値ある人生を苛酷なものにする悲しみを癒した。結婚生活を不幸せから幸せに変えた。異常な欲望を根絶やしにすることで、忌むべき束縛から解放してやった例も少なくない。心を病む者が健康になった。どれもこれも自分の行いである。なのに、詐欺師《いかさまし》だというわだかまりが消えなかった。

自分でもわからない力を揮《ふる》うのは不本意だった。自分で自分が信じられないのに、顧客が信じてくれるのを利用するのだから、誠実とは言えまい。働かなくてもやっていけるだけの金はできた。仕事にも疲れ、何度も辞めてしまおうと思った。フロイトやユングなどの文章もすべて読んでみたが、納得できず、正直、理論全体がまやかしに思えた。なのに、どういうわけか歴然とした結果が出るのである。ウィンポール・ストリートの粗末な奥の間《ま》に患者が訪れるようになって十五年。まだ知らぬ人間性など存在するのだろうか。いろいろと聞かされた。進んで告白する者から、恥ずかしがったり、迷ったり、怒ったりする者もいたが、とうの昔に驚かなくなっている。もう何を聞いてもショックは受けない。人間は嘘つきであり、虚栄の度が過ぎるということに、さすがに気づいたのだ。もっとひどい面だってある。だが審判や断罪が仕事ではない。とにかく、である。いやな打ち明け話を聞かされ、年を追うごとに顔の灰色が濃くなり、しわが深まり、淡色の目に浮かぶ疲労の度合いが増しているのだ。

めったに笑うこともない。ただ、息抜きに小説を読み、頬が緩むということはある。男も女もああいうものだと作者は信じているのだろうか？　人間はもっと複雑で突拍子もない。心には矛盾を宿し、暗く不気味な葛藤に苦しんでいる。知っておいてもらいたいものだ！

時刻は五時四十五分。これまでに対処を求められた不思議な症例の中でも、マウントドレイゴ卿のよりも不思議なものは記憶にない。まず、人物として異例である。マウントドレイゴ卿は有名、有能だった。四十歳の手前で早くも外務大臣に任命され、それから三年、気がつけば自分の政策が受け入れられていた。保守党で随一の切れ者なのは誰もが認めている。ただ、貴族の父親が亡くなると爵位を継ぎ、下院の議員から貴族院、つまり上院の議員になってしまうので、慣習として下院から選ばれる首相の座は狙えない。なるほど、この民主主義の時代に上院議員が首相というのはまず不可能だとしても、保守党政権が継続した場合に外務大臣を続け、長期にわたり国の外交政策で指揮を執るのは自由だった。

マウントドレイゴ卿には数多くの美点がある。頭が切れ、よく働く。海外の経験が豊か、数カ国語に堪能である。ごく若いうちから外交を専門とし、他国の政治経済に関する情報を熱心に収集してきた。勇気と洞察力と決断力がある。討論会でも議会でも演説に長《た》け、明晰で緻密、ウィットを交えることもあった。一廉《ひとかど》の論客であり、当意即妙の才が名高い。貫禄もたっぷりで、長身の二枚目だ。髪がだいぶ薄くなり、恰《かっ》幅《ぷく》が幾分よすぎるものの、これが逆に頼もしさと円熟味を醸《かも》し出している。若い頃はなかなかのスポーツマンで、オックスフォード大学ではボートの選手だった。国内屈指の射撃の名手でもある。二十四歳のとき、父親が公爵、母親が莫大な遺産の相続権を持つアメリカ人だという、地位も財産もある十八歳の娘と結婚した。二人の男児がある。ここ数年は別々に暮らしているが、体面を繕《つくろ》うために公の場では夫婦そろって姿を現す。おたがいほかに相手はいないから、変な噂がささやかれる心配はなかった。だいたいマウントドレイゴ卿というのは、野心と勤勉に加えて愛国心が並はずれているので、政治家人生を危うくしかねない歓楽に誘われようがなかったのである。一言で言えば、マウントドレイゴ卿には、人気と成功を手中にできる美点が山ほどあるのだった。ところが残念なことに、大きな欠点もあった。

とてつもない俗物である。受勲したのが父親で貴族としての歴史が浅いというなら驚くこともない。弁護士、工場主、酒造家が貴族に列せられた場合、その息子はおのが身分をむやみとありがたがるものだからだ。ところが、マウントドレイゴ卿の父君《ちちぎみ》が持つ伯爵の称号はチャールズ二世に授けられたものであり、初代伯爵が同時に持っていた男爵の称号となると薔薇戦争にまでさかのぼる。過去三百年、代々の伯爵たちはイングランドで最高位の一族と縁組してきたのだ。それなのに、マウントドレイゴ卿ときたら出自がいつも頭から離れず、成金にとっての金と同じで、ことあるごとに鼻にかけた。立派な振る舞いをするときはする。ただ、それは相手が同等と思ったときだけ、身分が下と見れば冷たくあしらった。使用人を邪険に扱い、秘書を見下した。任に就いた官庁の各機関では、配下の役人に恐れられ、嫌われた。すさまじい傲慢ぶりなのだ。大方の関係者とは比較にならないくらい頭がよいと思っており、それをわからせずにはいなかった。弱い人間には我慢がならない。天性の指揮官を自任し、意見を具申する輩《やから》、決定の理由をせがむ輩にはいらいらした。

底なしの身勝手である。自分の身分と頭脳を考えれば奉仕されるのは当然のこと、感謝などする必要はないと思っていた。人のために何かをするのが務めだとは思いもしない。敵は多いが、歯牙にもかけなかった。力添えや慰め、憐れみを与えてやれる人間を持たない。友人はゼロ。党の上層部からは忠誠心を疑われて信用されず、傲岸《ごうがん》不遜《ふそん》ゆえに党内での人気はない。ただ、存在価値は高く、愛国心は明白で頭脳は確か、諸事の処理は抜群ときているので大目に見てもらえた。我慢してもらえたのは、時と場合に応じて魅力を見せつけたからである。対等だと思う人物や心をつかみたくなる人物がいるとき、また外国の高官や著名な女性が同席の場合、陽気になり、機知に富み、颯爽《さっそう》とする。そういうところを見ると、紳士の中の紳士と言われたチェスターフィールド卿と同種の血が流れているのを思い知らされた。面白い話もすれば、気取ることもなく、理知を見せて奥深いことも言う。驚くべき知識の幅と鑑識眼の鋭さである。そうなると世界一の人物を相手にしているのだという気にさせられてしまう。

昨日は侮辱され、明日は無視されてもおかしくないということを忘れて。

マウントドレイゴ卿は危うくオードリン博士に診てもらえなくなるところだった。博士のところに、秘書から電話があった。「閣下が先生に診ていただきたいと申しております。明日《みょうにち》の午前十時に屋敷のほうへお越し願えないでしょうか？」と言う。そこで博士は、「往診は無理ですが、明後日《みょうごにち》の五時に診療室ということでしたら予約をお入れします」と答えた。すると秘書がしばらくしてまた電話をかけてきて、「閣下の考えは変わりません。屋敷でお会いします。料金はお好きなように」と言うので、

「こちらでしか診療いたしません。申し訳ありませんが、ご足労を願えないのでしたら、お話はなかったことに」と答えたのである。十五分後、簡単な返事があった。明後日の五時ではなく、明日の五時なら。

そんなことがあり、マウントドレイゴ卿が実際に診療室へと案内されてきた。戸口のところで立ち止まり、中へは入ってこない。オードリン博士をふてぶてしい態度でじろじろ見ている。ご立腹らしい。そう見抜くも、博士は何も言わずに動きのない目で見つめ返した。どっしりとした大男である。白くなりかけの髪が後退しているので、秀でた額に高貴な雰囲気がある。肉厚の顔に、くっきり整った目鼻立ち、威張りくさった表情をしている。一八世紀のブルボン朝にこんな君主がいたのではなかろうか。

「どうも先生は首相なみにお会いするのが難しい。私も多忙を極める身なんだが」

「お掛けになりませんか？」

オードリン博士の顔からは、相手の発言がどう響いたものかはうかがえない。博士は机に向かって座ったままである。立ちっ放しでいるマウントドレイゴ卿のしかめ面に怒りがこもった。

「外務大臣が来たと言わなくてはなりませんかな」言い方に棘《とげ》がある。

「お掛けになりませんか？」繰り返すオードリン博士。

マウントドレイゴ卿が意味ありげな素振りを見せた。このまま真っ直ぐ帰る、ということなのか。だが考え直したらしく、腰を下ろした。博士は大きな帳面を開き、ペンを手にした。患者を見ずに書きつける。

「お年は？」

「四十二」

「ご結婚はされていますか？」

「ああ」

「何年になりますか？」

「十八年」

「お子さんは？」

「息子が二人」

博士はぶっきらぼうな返事を書きとめていく。それから椅子の背にもたれ相手に目をやった。何も言わず、ただ真顔で見つめる。色の薄い目に動きはない。

「こちらに来られた理由は？」だいぶ経って質問を再開した。

「噂だよ。カヌート卿の奥方がお宅の患者らしい。だいぶ効くらしいじゃないか」

オードリン博士は無言である。目は相手の顔に向けたままだが、無表情なので、いったい本当に見ているのか、という気にさせる。

「別に奇跡を起こすわけでは」ようやく博士は口を開いた。笑み……ではない。笑みらしきものが一瞬だけ目に浮かんだ。「そんなことをしたら、英国王立医師協会が黙ってはいません」

マウントドレイゴ卿がくすりと笑った。敵意が薄らいだらしい。少し愛想がよくなった。

「評判が高いようですな。あなたなら間違いないという話だ」

「こちらに来られた理由は？」同じ質問である。

今度はマウントドレイゴ卿が黙る番だった。答えにくいものらしい。オードリン博士は待つ。ようやく踏ん切りがついたのか、こう切り出した。

「私はいたって健康である。先日、主治医に定期健診をしてもらった。オーガスタス・フィッツハーバート先生をご存じでしょう。三十歳の男に負けない体だと言われた。ばりばり働いても疲れない。仕事好きでしてな。煙草はほとんどやらない。酒だってごくごく控えめだ。運動だって十分するし、規則正しい生活を送っている。心身ともに健康、異常はない。いい大人が馬鹿みたいに相談してきたと思われるんでしょう」

背中を押してやらなければ、とオードリン博士は思った。

「お役に立てますかどうか。やるだけはやってみましょう。悩みはおありですか？」

マウントドレイゴ卿は顔をしかめた。

「私は要職にある。下さねばならぬ決断が、国の安寧、ひいては世界の平和にたちまち影響しかねない。肝要なのは、偏りのない判断力と明晰な頭脳だから、自分の能力を曇らせそうな不安要因はきれいに取り除くことを務めと心得ている」

オードリン博士は一時《いっとき》も目を逸《そ》らさない。多くを見ていた。尊大な態度と過剰な自信の背後に、解消できない不安があるのを見て取った。

「お越し願ったのには理由があります。経験で知ったのです。慣れた環境よりみすぼらしい診療室のほうが正直に話してもらえることを」

「たしかに医者の部屋というのはみすぼらしい」苦々しげに言って、マウントドレイゴ卿は黙った。平素は迷いなく即断即決する自信満々の男が、見るからにまごついていた。平気だというように微笑んで見せるが、目には不安が浮かんでいる。話を再開したときも空元気《から》だった。

「くだらない話で先生を煩《わずら》わせるのもどうかと思う。貴重な時間を無駄にするようなことはやめていただきたい、とおっしゃるんでしょうな」

「些細に見えることでも意味があるのかもしれない。根深い精神錯乱の兆候だということもありえます。私の時間なら気になさらなくてけっこうです」

オードリン博士の声は低く重々しい。その一本調子が不思議と心を鎮めてくれる。

ようやくマウントドレイゴ卿の覚悟は決まった。はっきり言ってしまおう。

「じつは、近頃、七面倒な夢をいろいろ見ましてな。気にするのもどうかとは思う。しかし……その、正直なところ、気になる」

「どれでもいいので、話していただけませんか？」

マウントドレイゴ卿は笑みを浮かべた。何気なく微笑んだつもりが、哀れな感じにしかならない。

「あんまり馬鹿らしいので話しにくい」

「かまいません」

「ならば。最初のはひと月ほど前だった。夢の中でコネマラ邸のパーティにいた。正式なやつだ。国王夫妻のご臨席が予定されていたのだから。もちろん勲章を佩用《はいよう》しなければならない。私は略綬と星章を着用していた。コートを脱ぎにクローク代わりの部屋に入ると、あの小男がいた。オーウェン・グリフィス。ウェールズの議員。はっきり言って、これには驚いた。下賤なやつなのだ。まったく、リディア・コネマラもやりすぎだろう。次は誰を呼ぶ気だ。そう思った。そいつが訝《いぶか》しげな目でこちらを見ているようだったが、相手にはしない。下衆《げす》は無視して二階に行った。あそこに行かれたことは？」

「いいえ」

「でしょうな。先生が行かれるような家ではない。悪趣味な家なのだ。ただ、大理石の階段は素晴らしい。その階段の上で、コネマラ夫妻が客を迎えていた。握手をしたときのことだった。はっと驚きの表情を見せた夫人が、くすくすと笑い出したではないか。気にするものか。育ちの悪い大馬鹿女で、作法など、チャールズ二世が公爵夫人の位につけてやったご祖先さまたちと変わってはいないのだから。とにかく、あの屋敷の客間が素晴らしいのは認めねばならない。私は中を歩きつつ、何人かの来賓にうなずき、握手をしていった。ふと見れば、ドイツ大使が話をしている。相手はオーストリア大公の一人だ。ぜひとも話がしたいと思い、近づいていき、手を差し出した。するとこの大公、私を見たとたんげらげら笑い出した。何たる侮辱と思い、睨《にら》みつけてやると、ますます笑った。はっきり言ってやらねばと思ったとき、あたりがしんと静まり返った。国王夫妻のご到着だ。私は大公に背を向け、前に進み出た。まさにその瞬間、自分がズボンを穿《は》いていないことに気がついた。短い絹のパンツと真っ赤な靴下留め、ただそれだけ。夫人が忍び笑いをしたのも、大公が大笑いしたのも無理はない！　あのときのことを何と表現しよう。身を切るような恥ずかしさ。目が覚めると冷や汗をかいていた。まったく、先生にはわからんでしょう。夢だとわかったときの安堵感」

「それほど珍しいタイプの夢ではありません」

「たしかに。ところが、その次の日に変なことがあった。下院のロビーにいると、例のグリフィスがのんびりと歩いてきた。わざとらしく私の脚を見て、次に顔を真っ直ぐ見てきたかと思うと、間違いない、ウインクをしたのだ。そのとき、ふと馬鹿な考えが浮かんだ。先夜、こいつはあそこにいて私の醜態を目撃した。それをからかっているのだ。もちろん、そんなことはありえない。夢だったのだから。冷たい目で睨み返してやったが、そのまま歩いていった。ひたすら薄笑いを浮かべて」

マウントドレイゴ卿はポケットからハンカチを取り出し、手の汗を拭《ぬぐ》った。もう動揺を隠そうとはしていない。オードリン博士は卿をじっと見つめたままだ。

「別の夢を」

「翌晩だった。今度のはさらに意味がわからない。場所は下院。ある外交問題に関する討議があり、その行方は国内ばかりか海外でも最大の関心事となっていた。政府による方針の変更は決定済み、帝国の未来が根本から変わろうとしていたのだ。歴史的な瞬間だった。むろん議場は満席で、大使も全員いた。傍聴席もすし詰めだ。その夜、私は大事な演説をまかされていた。準備は怠りない。私のような人間には敵がいる。一番の切れ者でも閑職めいた地位に甘んじているような年齢で、私はこの地位を得た。それをよく思わないのがごまんといるのだ。その場に恥じない演説をするのはもちろんのこと、てぐすねひいて待つ連中を黙らせなくてはならない。世界中が私の話に耳を傾けるのかと思うと、武者震いがしてきた。

私は立ち上がった。議場に来たことがおありならわかるでしょう。討論中、議員はひそひそ話をしたり、書類をかささせたり、報告書をぱらぱらやる。ところが、私が話し始めると、墓場のような静寂が訪れた。ふと見れば、野党席にあの忌まわしい成り上がりがいる。ウェールズの議員グリフィス。そいつが私に舌を突き出してきた。ずいぶん前にミュージックホールで流行《はや》った〈二人乗りの自転車〉という下品な歌を聞いたことがおありかな。あれを私は歌い出した。おまえが厭《いと》わしくてたまらない、と教えてやるためにだ。一番を歌う。最初、会場は驚きに包まれたが、歌い終わると、野党側から、謹聴、謹聴、と声が上がった。私は静粛にというように手を上げ、二番にかかった。議場は水を打ったような静けさ。ただ、あまり受けがよくないという気がして、いらいらした。私の声は素晴らしいバリトンなのだ。実力を見せてやらねばと思った。ところが三番に入ると、議員たちが笑い出した。その笑いがたちまち広がり、大使たち、貴賓席の傍聴人たち、婦人席の女性たち、記者たち、全員が体を揺らし、喚声を上げ、腹を抱え、座席で転げ回った。笑いは収まらない。例外は、真後ろの最前列に座る閣僚たち。前代未聞の大騒ぎに呆然としていた。そんな彼らを一瞥《べつ》した瞬間、私は自分の大失態に気づいた。世界中の笑い者ではないか。惨めだった。辞職しなくてはなるまい。と、思ったところで目が覚めた。夢だったのだ」

こう語るうちにマウントドレイゴ卿の堂々たる態度は崩れてしまい、話を終えたいまは顔面蒼白、わなわな震えていた。しかし、何とか気を取り直し、ひくつく唇に無理やり笑みを浮かべた。

「すべてが途方もなさすぎて、われながら愉快になった。それっきり思い出すこともなく、翌日の午後に登院したときはすっかり元気になっていた。議論は退屈だったが、退席もならない。関心が持てる文書に目を通していった。何の気なしにふと目を上げると、グリフィスが話の真っ最中だった。むかつくウェールズ訛《なま》り。人好きのしない容姿。拝聴に値《あたい》する話などできまい。そう思って書類に戻ろうとしたときだ。〈二人乗りの自転車〉から二行、引用をしたではないか。思わず目をやると、小馬鹿にした薄笑いを浮かべて、こちらをじいっと見ていた。私はそっと肩をすくめた。いじけたウェールズの議員にそんな目で見られるのが滑稽だったのだ。惨めな結果に終わったあの歌を引用したのも奇妙な偶然だったのだろう。私は書類に戻った。面喰らっていたから、正直、集中はできなかった。第一の夢、つまりコネマラ邸の夢に、オーウェン・グリフィスが出てきた。夢の中で惨めな姿をさらしたら、そのことをあとであいつに知られているという確信を得た。歌の引用もたんなる偶然なのだろうか？　もしかしたらあいつも同じ夢を見ているのでは、と思った。そんな馬鹿な。考えるのはやめることにした」

沈黙。オードリン博士がマウントドレイゴ卿を見る。マウントドレイゴ卿がオードリン博士を見る。

「他人《ひと》の夢というのはじつにつまらん。昔よく妻が夢を見た。次の日にやたら細かく話したがる。あれには閉口した」

博士がうっすら微笑む。

「私は退屈していません」

「もう一つある。その数日後に見た。ライムハウスのパブが舞台だった。ライムハウスなんて場末には一度も足を踏み入れたことはない。パブ自体、オックスフォード以来ではなかろうか。なのに、通りも店もすっかりなじみの気がした。個室というのか特別室というのかはわからんが、そんな部屋に入った。暖炉があり、その両側には大きな革張りの肘掛け椅子と小さなソファ。部屋の幅いっぱいにカウンターがあり、カウンターの向こうに大衆向けのバーが見えた。こちらの部屋の入口近くに、大理石の丸テーブルと肘掛け椅子が二つ。土曜の夜なので満員だ。煌々《こうこう》と照らされてはいるが、煙草の煙が立ち込めている。目がひりひりした。私は不良じみた格好をしていたな。頭に帽子、首にスカーフを巻いていた。客の大半が酔っ払っているらしかった。なかなか面白いと思った。

蓄音器が鳴っていた。ラジオだったかもしれんがよくわからん。暖炉の前で女が二人、気味の悪いダンスをしていた。小さな人だかりができていて、笑ったり、囃《はや》したり、歌ったりしている。ちょっと拝見と思って近づくと、男に声をかけられた——よう、ビルじゃないか、一杯どうだい。テーブルの上に数個のグラスが載っていた。ブラウンエールとかいうのだろう、黒い飲み物がたっぷり入っていた。一つ渡され、目を引くのもいやなので飲んだ。すると、踊っていた女の片方がいきなり来て、私のグラスを引ったくるなり言った。ちょっと、何やってんのさ。それ、あたしんだよ……。これは申し訳ない、こちらの殿方に勧められたものでね。おごりなのかと思った。そう答えると女は言った。まあ、いいわ、どうぞ。その代わりちょいと一緒に踊ってよ。ご勘弁をと言うまもなく引っ張られ、踊っていた。そして気がつくと、女を膝に乗せて肘掛け椅子に座り、一杯のビールを分け合っていた。

はっきり言っておこう。セックスにはたいして関心を持ったことがない。若くして結婚したのは、私のような立場だと結婚するのが望ましいからだ。それにセックスの問題も一気に片づく。欲しいと思っていた二人の息子も授かり、そういうのは忘れてしまった。いつも多忙だから、その手のことにはあまり頭が回らない。私みたいに衆目を集める生活の場合、スキャンダルにつながることは命取りになりかねん。女のことで傷一つない経歴。これこそ政治家にとって最大の武器となる。女ごときで経歴をふいにする連中には我慢がならん。軽蔑にしか値《あたい》しない。

膝に乗っている女は酔っていた。美人でも若くもない。むしろ大年増の淫売と言うべきか。むかむかした。そいつが口にキスしてくる。息はビール臭いし、歯はぼろぼろだ。自分が許せなかった。なのに欲情した。この女が欲しくてたまらない。そう思っているところへ、いきなり声がした。そうだ、君、楽しみたまえ。目を上げれば、そこにいたのはウェールズ野郎のオーウェン・グリフィス。すぐさま立ち上がろうとしたが、例のおぞましい女が許さない。ほっときゃいいのよ、焼きもち焼いてんだから。すると、やつが言う。遠慮なさらず。この女はモル。払ったぶんは楽しませてくれますよ……。なるほど、乱痴気騒ぎを見られたのは面白くない。だがそれより、君呼ばわりされたことに腹が立っていた。私は女をどけて立ち上がってから、やつのほうに向き直り、おたくが誰だか知らんし、知りたくもない、と言ってやった。これに男は、こっちはよく承知です、と答え、それから女に向かって言った。忠告しとく。金はもらえよ。だまされるぞ……。そばのテーブルにビール瓶があるのに気づいた。私は何も言わずに瓶をつかみ、やつの頭を思いっきり殴った。激しい衝撃で目が覚めた」

「その種の夢なら理解できなくはありません」オードリン博士は言った。「完璧な人格者に対して自然が仕掛ける復讐なのです」

「この話自体はくだらん。話すほどのこともない。問題は、翌日の出来事だ。急ぎの調べものがあったので、下院の図書館に行き、目当ての本を読み始めた。気づかずグリフィスのそばに座っていた。労働党の議員が入ってきて、同僚のあいつに近づき、こう言った。おい、オーウェン、顔色が悪いぞ。やつはこう答えたものだ。頭痛がひどい。瓶で頭をかち割られた気分だ」

マウントドレイゴ卿の顔が苦悩で鉛色になっている。

「そこでわかった。やはり思ったとおりだったのだ。グリフィスは同じ夢を見ていて、同じようによく覚えている」

「偶然ということもあります」

「同僚ではなく、わざと私に向かって話していたんだぞ。むっとした顔で」

「その御仁が夢に出てくる理由に何か心当たりは？」

「いや」

一度たりとも患者の顔から目を離すことのなかったオードリン博士には、嘘なのがわかった。鉛筆を手にして、インクの吸取り紙に一、二本のぐにゃぐにゃした線を引く。本当のことを言わせるには時間のかかる場合が多い。ただ、患者のほうも話さなければ何もしてもらえないのがわかっている。

「お話の夢を見たのがわずか三週間ほど前のこと。その後はご覧に？」

「毎晩」

「で、そのグリフィスという人がすべて出てくる」

「そうだ」

博士は吸取り紙にもう何本か線を引いた。手狭な部屋の静けさ、味気なさ、ほの暗さ。そういうものに患者の神経が反応するのを待つ。マウントドレイゴ卿は、椅子の背に寄りかかり、重たい視線を避けるように顔を背けた。

「博士、何とかしていただきたい。限界なのだ。このままでは気が狂ってしまう。眠るのが怖くて、この二、三日は夜も寝ていない。ずっと本を読んでいる。うとうとしてきたら、コートを着て、そこらを疲れるまで歩き回る。もちろん眠らなければまずい。仕事のことを考えると、ベストの状態でなければいかん。体に異常があってはならない。休息がいるのだ。ところが睡眠ではだめときた。眠ったとたん、夢が始まり、絶対に出てくるのだからな、あのごろつきが。この私をにやにやしながら見て、小馬鹿にして、蔑《さげす》む。あの執念深さ。

よろしいかな、先生。私は夢に出てくるような男ではない。夢を基準に判断してもらっては困る。誰に訊《き》いてもらってもよい。品行方正。それが私だ。公私にわたり、徳性を疑うようなことは誰も言わん。国に尽くし、国の偉大さを損なわぬことにしか関心はないのだ。金はある。地位もある。下々《しもじも》が惑わされるようなものにはさして影響を受けない。だから、清廉潔白であっても手柄にはならん。はっきり言っておこう。面目、私利、自己本位なんてもので使命を蔑《ないがし》ろになどしやしない。これまですべてを犠牲にしてきた。それで現在の自分がある。偉大な存在になりたくてな。それもあと一歩だというのに、自信を失いつつある。あのおぞましい男が見ている私は、下品で卑劣、臆病で好色な人間だが、実際の私はそんな男ではない。お話しした三つの夢などたいしたものではなく、もっとひどいのになると、あいつの前で、忌まわしく、おぞましく、恥ずかしいことをこれでもかとしているのだ。内容は口が裂けても言えん。それをやつは覚えている。嘲笑と嫌悪が浮かぶあの目。耐えられん。何を言ったところであいつは戯言《たわごと》にしか思わんのだから、言葉を発するのもためらわれる。自尊心のある男ならやらぬこと、仲間うちからつまはじきにされ、長期刑を言い渡されるようなことをして、それを見られてしまった。口汚い言葉を聞かれてしまった。馬鹿を演じただけではない。汚《けが》らわしいことをしたのだ。やつは私を蔑んでいる。それを隠そうともしていない。はっきり言うが、もし手だてを講じてくださらぬなら、私はみずからの命を絶つ。それともやつを殺すか」

「私なら殺したりなどしません」オードリン博士は、例の心が休まる声で冷静に言った。「この国では人を殺すと面倒なことになりますから」

「絞首刑にされるという意味なら、心配はご無用。私が殺したとばれることはない。例の夢で知った。申し上げただろう。ビール瓶で頭を殴ってやった翌日、あいつは、頭が痛くてふらふらするというようなことを言っていた。つまりだ。夢で体験したことが現実になる。瓶では済まんぞ、次は。そのうち、夜、夢の中でナイフを手にしているかもしれない。ポケットにピストルか。きっとそうだ。それしか頭にないのだから。あとは機会を待つばかり。刺すなら豚を刺すように、撃つなら犬を撃つように、心臓を狙う。それであの悪魔の執念ともおさらばだ」

マウントドレイゴ卿は正気を失っている。そう思う者もいよう。心が病んだ人間を何年も治療してきたオードリン博士には、いわゆる正気と狂気の差は紙一重であるのがわかっていた。見るからに健全で正常な人間、想像力とは無縁に思える人間、日常生活の義務を果たすことが自分の名誉となり、他者のためにもなる人間がいる。ところが、そんな彼らの信頼を得て世間向けの仮面を剝《は》ぎ取ってみると、常軌を逸した異常性がやたらと顔をのぞかせる。そればかりか、変態めいた嗜好《しこう》、突飛な妄想が現れる場合もある。それ自体は精神異常としか呼びようがない。そんな人間を収容となったら、おそらく世界中の精神病院を使っても数が足りないだろう。とにかく、変わった夢を見て、そのせいで神経が参っているからといって精神異常と決めつけることはできない。今回の症例は特異ではある。だが、これまでに診た症例の拡大版でしかない。ならば、幾度も効果を上げた治療法が今回も有効なのかどうか。博士には自信がなかった。

「ほかの医師には診てもらいましたか?」

「フィッツハーバート先生には。悪夢を見るとしか伝えていない。仕事のしすぎだから旅行なさいと言われた。そんなことできるものか。いま外務省を離れるわけにはいかん。国際情勢を注視しなくてはならんのだ。どうしたって現場には私が必要だ。現下の危機にどう立ち向かうのか。私の将来もそこにかかっている。鎮静剤をもらったがだめだった。強壮剤も有害無益なだけ。あの爺様は役に立たん」

「同じ男性が繰り返し夢の中に出てくる理由に何か心当たりは?」

「その質問は二度目だろう。返事はした」

そのとおりだった。だが、オードリン博士はその答えに満足していなかった。

「執念、とおっしゃいましたね。オーウェン・グリフィスが執念深い理由は?」

「知らん」

マウントドレイゴ卿の目が少し泳いだ。オードリン博士は嘘だと確信した。

「先方を侮辱するような振る舞いは?」

「ない」

マウントドレイゴ卿は身じろぎ一つしなかった。しかし、オードリン博士は相手が外皮を残してしぼんでしまったという妙な印象を受けた。目の前には、自分に質問するなど無礼なと思っているらしい自信満々の大男がいる。にもかかわらず、その外見の奥に、ちょこまか動く怯《おび》えた存在がいるのだ。罠にはまって怖がる動物とでも言えようか。博士は身を乗り出し、その眼力で無理やり自分の目を見させた。

「間違いないですか?」

「間違いない。おわかりではないらしい。あいつとは進む道が違う。くどくど言いたくはないが、閣僚と一介の労働党議員なのだ。社交上の付き合いがないことは言うまでもなかろう。ああいう卑賤な手合《てあい》とは、どの屋敷でも顔を合わせることがない。政治の上でも、立場が違いすぎて接点はない」

「ありのままを話していただかなければ、どうしようもありません」

マウントドレイゴ卿は眉をひそめた。声がきしる。

「発言に疑問を持たれるのには慣れていない。疑うつもりなら、おたがいに時間の無駄となろう。秘書に料金を知らせてくれたまえ。小切手を送らせる」

オードリン博士はまるで話を聞いていないような表情である。じっと相手の目を見つめたまま、低く重々しい声で言った。

「相手のほうで侮辱と思ったかもしれないことは?」

マウントドレイゴ卿は口ごもり、目を背けた。だが、博士の目には抗《あらが》えないというように視線を戻し、むすっと返事をした。

「やつが低俗な卑劣漢なら、そう思うかもしれん」

「お話をうかがうと、まさしくそういう人物のようですが」

マウントドレイゴ卿はため息をついた。打ちのめされてしまったのだ。そのため息でオードリン博士にはわかった。隠していたことをようやく話す気になったのだ。これ以上せっつく必要はない。博士は視線を落とし、また吸取り紙に幾何学模様めいたものを書き出した。沈黙が二、三分続く。

「先生のお役に立つなら何でも言おうとは思っている。この話をしなかったのは、瑣《さ》末《まつ》にすぎて今回の件と無縁に思えたからなのだ。グリフィスは先の選挙で議席を獲得するや、すぐさま面倒な存在になった。父親は炭鉱夫。自身も子供のときは炭鉱で働いたらしい。公立小学校の教員、記者もしたことがある。つまり思い上がった偽インテリなのだ。知識は生半可、思想は半練り、計画は非現実的だが、義務教育のせいで労働者階級からそういうのが出てくるようになった。顔色の悪い、痩せこけた男でな、あいつは。餓死するのではなかろうか。いつ見てもだらしがない。最近の議員はあまり服装にかまわんものだが、やつほどまでになると下院の面目も丸つぶれだ。服は見るからによれよれ、カラーは汚れっ放し、ちゃんとネクタイを締めたこともない。ひと月は風呂に入っていないのか、手など真っ黒だ。

労働党にも大臣級で二、三人、若干できるのがいる。でも残りはたいしたことがない。盲人の国なら片目も王様というわけだな。グリフィスというのは舌先三寸で、問題によっては薄っぺらな情報をあれこれ持っている。だものだから、党の院内幹事連がことあるごとに何かしゃべれと焚《た》きつけるようになった。自分でも外交に一家言《いっかげん》あると思っているのか、うんざりするくだらない質問ばかりする。そのたびに思う存分わからせてやった。悪いことではなかろう。だいたい話し方からして気にくわなかったのだ。むずがるような声、田舎訛りにおどおどした様子がやたら癇《かん》に障った。話すのは苦痛だとでもいうのか、恥ずかし気に恐る恐る話す。そのくせ、熱い思いにやむなくしゃべり、やたらと人騒がせなことを言うのだ。まあ、大演説をぶつときもあった。労働党のできそこない連中なら感心もしたろう。熱弁に感じ入り、私と違って、あのお涙頂戴にも反吐《へど》を吐くことがない。

感傷が政策論議に使われる場合もある。国家というのは自国の利権を考えて動くくせに、他国のためにやっているのだと見せたがる。自国のためなのに人類全体のためとおためごかしで選挙民を納得させられれば、その政治家はよしとされるのだ。グリフィスみたいな連中がだめなのは、そういうおためごかしを額面どおりに受け取る点である。あの変人——危険な変人——は、理想主義者を自称して、くだらないことをぺらぺらしゃべる。知的労働者という輩《やから》に昔からあくびが出るほど聞かされていることを。無抵抗とか友愛とか、そういうろくでもない考えだ。自党の人間が感動するのはいい。最悪なことに、わが党のうすのろ連中の中にも感心しているのがいる。労働党政権が誕生したらおそらくは大臣、という噂ではないか。しかも、聞けば、外務大臣だという。異常だが、ない話ではない。

いつだったか、外交問題に関する討議を私が総括することになった。グリフィスが持ち出したものだ。やつは一時間しゃべっていた。面《つら》の皮をひん剝《む》く絶好のチャンスだと思い、実際そうしてやった。演説を木《こ》っ端微塵《ぱみじん》にしてやったのだ。論理の誤謬《ごびゅう》を指摘し、情報の不備を突く。下院の場合、息の根を止めるには嘲笑が一番だ。嗤《わら》ってやった。虚仮《こけ》にしてやった。あの日の私は絶好調で、下院は爆笑の渦に包まれた。その笑いで私は勢いに乗った。野党側はむっつりと黙り込んだまま。それでも、一、二度、抑えきれずに吹き出すのがいた。目の前で、議員仲間——場合によっては好敵手——が恥をかかされるのだから、悪い気分ではなかろう。グリフィスほど辱められた例はあるまい。やつはしゅんとなって着席した。顔面は真っ青だ。そのうちに顔を両手で覆ってしまった。ご臨終を確認して私は席に着いた。グリフィスにとっては完全なる失墜だ。労働党政権が誕生しても大臣にはなれまい、決して。のちに聞いたところでは、ウェールズの両親が選挙区の支持者一行とはるばる来ていたらしい。息子が大活躍するかと期待していたら、とんだ赤恥をさらした。僅差での当選だったから、次回はあっさり落選となろう。まあ、私の知ったことではないが」

「つまり、その方の政治生命をつぶした。言いすぎですか？」

「ということかな」

「それなら侮辱も深刻ということになります」

「自業自得だ」

「良心の呵責《かしゃく》は？」

「親御さんがいると知っていたら、もう少し手加減してやった」

オードリン博士としてはほかに言うべきことはない。効きそうな方法で治療にかかった。暗示をかけて、目が覚めたら夢を忘れるようにしてみる。眠りが深くなって夢を見ないようにしてみる。だが、治療への抵抗は破れない。一時間後、放免した。

以降、診療は六回にわたる。効果は出ていない。毎晩ひどい夢に苛《さいな》まれるのはあいかわらず、心身ともに急激な悪化をたどっているのは一目瞭然だった。やつれ果てている。癇癪《かんしゃく》を抑えられない。こんな診療は無益だといって腹を立てた。それでも継続しているのは、唯一の希望であるうえ、包み隠さず話すことが救いになったからである。やがて博士はある結論に達した。救済の道は一つしかない。もっともこの相手の場合、みずから進んで試すとはどうしても思えない。危険度を増している衰弱から救うには、ある措置を取らせねばならないのだが、自慢の出自と気取りが邪魔するはずだからだ。どう見ても事態は一刻を争う。博士は治療に暗示を用いており、数回目の診療のあと、患者が抵抗を示しにくくなったところで、時間をかけて何とか催眠状態へと持っていった。抑揚を欠いた柔らかな低声で、苦しむ神経をなだめてやる。同じ言葉を繰り返した。患者は目を閉じ、じっと横になっている。規則正しい呼吸。

力の抜けた手足。博士は、同じ静かな口調で用意しておいた言葉をつぶやいた。

「オーウェン・グリフィスのところに行き、あのひどい侮辱に対する詫びの言葉を述べなさい。力を尽くして償うと告げなさい」

この言葉が顔を打つ鞭のように作用した。マウントドレイゴ卿はぶるんと体を震わせて覚醒すると、勢いよく立ち上がった。目には炎が宿り、怒りにまかせたまま、博士が聞いたこともないような悪口をまくしたてた。罵詈雑言《ばりぞうごん》である。ひどい猥語も飛び出した。汚い言葉なら博士は何でも聞いて知っている。れっきとした淑女が口にすることもある。ただ卿が知っているのは驚きだった。

「あの薄汚いウェールズ野郎に謝罪？　死んだほうがましだ」

「精神の安定にはそれしかありません」

正気とされる男がこれほど怒り狂うことはめったにない。顔は真っ赤で、目は飛び出さんばかり、口から泡まで吹いている。オードリン博士は、冷静に観察しながら、嵐が収まるのを待った。ほどなくして、マウントドレイゴ卿の力が尽きた。この数週間というもの、緊張を強いられ衰弱していたのだ。

「お座りなさい」すかさず博士が厳しく命じた。

マウントドレイゴ卿はへなへなと椅子にくずおれた。

「くそ、へとへとだ。少し休んだら、帰る」

五分ほどだろうか、どちらも押し黙っていた。高飛車に怒鳴り散らす暴君のマウントドレイゴ卿ではあるが、そこは紳士である。再び口を開いたときには自制心を取り戻していた。

「大変に失礼した。あんな口を利いてしまっては、断られても仕方ない。そうされないことを望むが。ここに来て助かっている。先生だけが頼りなのだ」

「先ほどのことは忘れましょう。どうでもいいことです」

「ただ、これだけは困る。グリフィスへの謝罪だ」

「本件についてはよく考えてみました。絶対と言うつもりはありませんが、これしか救済の道はないのです。私見によると、自己というのは一つではない。複数から成るものです。大臣の場合、グリフィスを侮辱した結果、自己の一つが反乱を起こした。それがグリフィスの姿となり、残酷な仕打ちへの罰を与えているのです。もし私が司祭ならこう言うでしょう――良心がこの男の姿形を取り、悔い改めよと鞭打ち、償いせよと説いている」

「良心は痛まぬ。あいつの政治生命をつぶしたとしても私のせいではない。庭にいるなめくじを踏みつぶしたようなもの。後悔などするものか」

こう言って、前回の治療のあとマウントドレイゴ卿は帰っていったのだった。オードリン博士は、患者を待ちながら、記録を丹念に読み返した。なんとかして卿の精神状態を変えたい。通常の治療が失敗に終わったいま、おそらくそれしか助かる道はないのだ。最善の策は何か。ちらっと時計に目をやる。六時。なぜ来ない。来るはずなのだ。午前中に秘書から電話があり、いつもの時間にうかがいますと言っていた。きっと急務で出られないのだろう。こう思ったところで、別の策を思いついた。マウントドレイゴ卿は仕事ができる健康な状態にはなく、重大事の処理には耐えられない。だから、権威筋、つまり首相か外務次官に連絡をつけ、こう進言するのだ。外務大臣は情緒不安定であり、重要な案件をまかせるのは危険です、と。微妙なところだ。余計なことをして、冷たくあしらわれるだけかもしれない。博士は肩をすくめた。

「どうせ、この二十五年、世界を滅茶苦茶にしてきた政治家たちだ。正気だろうと、狂気だろうと、たいした違いはあるまい」

ベルを鳴らす。

「マウントドレイゴ卿がお見えになったら、六時十五分に予約が入っているので診察はできない、と伝えてくれないか」

「承知しました」

「夕刊は？」

「見て参ります」

すぐに召使が持ってきた。一面に大きな見出し——「外相、悲劇の死」

「あっ！」オードリン博士は叫んだ。

さすがにいつもの平静な態度が崩れた。衝撃を受けたのだ。大衝撃である。しかし、意外ではない。自殺の可能性が幾度か脳裏をよぎっていたのだ。もちろん自殺であろう。新聞によれば、地下鉄ホームの端に立ち、電車が来たところで線路に落下したらしい。不意に気でも失ったのだろうか。続きを読むと、この数週間は過労に苦しんでいたが、世界情勢への対応に追われて休息もままならなかったとある。現代政治の重圧に政府高官がまた一人犠牲になったのだ。さらに小さな記事で、その才能と仕事ぶり、いかに国を愛し将来を思っていたかがまとめられていた。そのあとには、首相による後継者選びに関連した憶測が記されている。博士はすべてに目を通した。マウントドレイゴ卿のことが好きだったわけではない。訃報に接しとくに感じたのは、何もできなかったという自身への不満なのである。

卿の主治医に連絡しなかったのは間違いだったのかもしれない。ふと嫌気がさした。誠実に尽くしながら失敗に終わるといつもこうなる。生業《なりわい》とするこの経験的な医学の理論と実践に反感を覚えた。自分が相手にしているのは、人知のおよばぬらしい神秘の暗い力。目隠しをして、行く先も不明のまま手探りをしているような気がした。

気のない様子で新聞をめくっていた博士が、いきなり飛び上がった。またしても「あっ！」という言葉が漏れる。ある欄の下にこんな短い記事があったのだ──「下院議員、突然の死」。某区選出の議員、オーウェン・グリフィス氏が本日午後、フリート・ストリートで急病に襲われ、チャリング・クロス病院に運ばれた。到着時すでに息はなかったという。自然死だと考えられるが、検死が行われる模様……。目を疑った。昨夜の夢でついに望みの武器──ナイフかピストル──を手に入れたマウントドレイゴ卿が憎き相手の命を奪った。そして、ビール瓶で殴った翌日にひどい頭痛を与えたのと同じように、夢の中での殺人が数時間後に目覚めた男を相手に現実のものとなった。そういうことなのか？　いや、もっと謎に満ちた、背筋の凍る考え方もある。マウントドレイゴ卿は死に安らぎを見出《みいだ》した。しかし、残酷な仕打ちをされた敵は気持ちが治まらない。天寿を全うすることなくあの世まで追いかけていき、責め苛む……。なんとも奇妙だ。もっとも、まともに考えればたんなる偶然でしかないだろう。博士はベルを鳴らした。

「ミルトン夫人の診察はキャンセルに。気分がすぐれない」

本当だった。瘧《おこり》にかかったように、体をぶるぶると震わせている。霊感のようなもので恐ろしい虚無を見ているのだろうか。博士は魂の暗い闇に呑み込まれた。そして、正体不明の存在に言い知れぬ本能的な恐怖を覚えたのだった。

パーティの前に

スキナー夫人としては十分に時間を見ておきたかった。着替えは済ませてある。年齢に合い、娘婿《むすこ》の忌服《きぶく》としてもふさわしい黒絹だった。トーク帽を頭に載せてみる。少し迷った。シラサギの羽根飾りを見て、パーティで顔を合わせる友人たちから厳しい非難の声が上がるのはまず間違いないからだ。たしかに、あのきれいな白い鳥を羽根が目的で殺すというのはひどい。しかも交尾期ではないか。でも、やはりかわいいし、洒落《しゃれ》ている。やめるなどとんでもない。それに、娘婿の心遣いへの裏切りにもなる。こちらが大喜びすると思って、わざわざボルネオから持ってきてくれたのだから。そのことで娘のキャスリーンはずいぶんいやな態度を見せていたけれど、あんなことがあっただけに、失礼な振る舞いをしたと後悔しているだろう。娘婿のハロルドのことがあまり好きではなかったとしてもだ。夫人は、鏡台の前に立ち、帽子の位置を直した。やはり、いいのはこれしかない。大きな漆黒玉《しっこくだま》の付いたピンを刺す。羽根飾りのことで何か言われたら、こう答えるつもりだった。

「たしかにひどいですわよね。自分で買おうとは思いませんけど、娘婿にもらいまして。最後に休暇で戻ってきたときに」

こう言えば、持っている理由がつき、使っている説明にもなる。いつも親切な人たちだからわかってくれるだろう。スキナー夫人は、引き出しからきれいなハンカチを取り出し、オーデコロンを少し振りかけた。香水は一度も使ったことがない。日頃からきつすぎると思っていた。オーデコロンならさっぱりしている。ほぼ準備が完了したところで、夫人の視線は鏡の背後にある窓の外へと向いた。ヘイウッド牧師のガーデンパーティには申し分のない日だった。暖かく、空は青い。樹木の緑もまだ春にふさわしくみずみずしい。夫人は笑みを浮かべた。小さな孫娘が裏の小庭で手製の花壇をせっせとならしているのが見えたのだ。孫娘のジョーンも、もうちょっと顔色がよければいいんだけど。長いこと熱帯地方にいたせいだわ。それに、まだ子供だというのに元気がなくて、駆け回るところなど見たことがない。自分で考えた遊びにふけり、花壇に水をやるだけだった。夫人はドレスの前面を軽くはたき、手袋を手にして、下へ降りた。

キャスリーンが窓ぎわの書き物机に向かって、作成中の一覧表に集中していた。婦人ゴルフ会で無報酬の幹事をしており、コンペがあると仕事が多い。それでもパーティの身支度は同じく整っていた。

「結局セーターにしたのね」夫人は言った。

昼食のとき、セーターにするか、黒のシフォンの服にするかでもめたのだ。セーターは白黒模様で、キャスリーンはけっこう気が利いていると思った。ただ喪服にはふさわしくない。ところが、姉ミリセントの意見はセーターだった。

「何もみんながみんなお葬式の帰りですみたいな格好することないじゃない。夫のハロルドが死んで八カ月になるんだし」

夫人には、ずいぶん冷たい言い方に聞こえた。ボルネオから帰国して以降おかしい。

「まさか、もう喪服を脱ぐなんて言うんじゃないわよね？」

ミリセントは肯定も否定もしない。

「昔とは喪に服するやり方が違うから」そう言ってから少し間《ま》を置き、また言葉を継ぐ。その声が夫人にはずいぶんと異様に響いた。キャスリーンも気づいたらしい。訝《いぶか》しげに姉を見やった。「ハロルドだって、私にいつまでも喪中は望まないはず」

「早く着替えたのは、ミリセントにちょっと話があったからなの」母親にセーターのことを言われたキャスリーンはそう応じた。

「あら、何?」

キャスリーンは答えず、一覧表をわきに置くと、眉をひそめ、ある婦人から届いた手紙にふたたび目を通した。委員会が自分のハンデを二十四から十八に減らしたのは不当きわまりない、と抗議していた。婦人ゴルフ会の幹事をする場合、相当な慎重さが必要となるのだ。

スキナー夫人は、買ったばかりの手袋に指を入れていった。ブラインドのおかげで部屋は暗く涼しい。木製の大きなサイチョウに目をやった。色鮮やかな鳥である。ハロルドから大切に預けられたものだった。自分にはいささか奇異で野蛮に見えたが、ハロルドはとても大事に思っていた。宗教的な意味でもあるらしく、ヘイウッド牧師は感銘を受けていた。ソファの向こうにある壁には、呼び名は忘れたが、マレー人の武器が掛かり、ところどころに置かれたテーブルには、ハロルドが折々に送ってきた銀製品やら真鍮《しんちゅう》製品やらが載っている。夫人はハロルドが好きだった。自然と目が彼の写真に向かう。ピアノの上に、二人の娘、孫娘、妹、妹の息子の写真と一緒に飾ってある。

「あら。キャスリーン、ハロルドの写真は？」

キャスリーンが振り返る。いつもの場所にはない。

「誰かが持っていったみたい」

不思議に思った夫人は立ち上がり、ピアノに近づいた。残りの写真を並べ替え、隙間がないようにしてある。

「きっとミリセントが寝室に飾ろうと思ったのね」スキナー夫人は言った。

「だったら私が気づくはず。それに義兄《にい》さんの写真ならほかに何枚も持ってるわよ。全部しまい込んである」

夫人は長女の態度をじつに奇妙だと思っていた。自室に夫の写真をまったく飾っていない。実際に質《ただ》してもみたが、返事はなかった。ボルネオから戻って以来、どういうわけかずっと沈黙している。こちらはいつでも手を差し伸べようと思っているのに、同情を求める素振りも見せない。死という大きな喪失について語りたくはないようだった。悲しみの受け取り方は人それぞれなのである。そっとしておくのが一番だと夫も言っていた。夫のことが頭に浮かんだところで、パーティのことを思い出した。

「お父さんがね、シルクハットはかぶったほうがいいかなと言うから、一応そのほうがいいわ、と答えておいた」

ずいぶんと立派なパーティになりそうだった。アイスが、ストロベリー、バニラ、と出るらしい。ボディ菓子店のだ。ヘイウッド牧師の家では贅沢にもアイスコーヒーを用意していた。大勢が集まる。香港《ホンコン》の主教に紹介されることになっていた。大学時代の旧友である牧師のところに滞在中で、中国での伝道について話をするという。夫人は興味をそそられた。何せ、娘が東洋に八年暮らし、娘婿がボルネオのある地区で駐在員をしていたのだ。植民地などにはまるで無縁な人たちより、主教の話が自分にこそ意味があるのは当然であろう。

「イングランドの何がわかろう、イングランドしか知らぬ者に、だよ」そう夫が言っていた。

そこへスキナー氏が部屋に入ってきた。父親の代から続く弁護士である。職場はロンドン。法曹院のあるリンカーンズ・イン・フィールズだ。毎朝晩、自宅とを往復している。妻女《さいじょ》らとガーデンパーティに行けるのも、ヘイウッド牧師がしっかり思慮を働かせて土曜を開催日にしてくれたからにほかならない。燕尾服と霜降り生地のズボンがよく似合っていた。粋というほどではないが、ぱりっとしている。見た感じでは、立派な弁護士といったところか。実際、そういう人物である。事務所も怪しい仕事は引き受けない。顧客がきな臭い問題を持ってくると、氏はきまって深刻な表情を見せた。

「うちではこのような件は扱いかねます。ほかを当たられたらいかがでしょう」

そう言ってメモパッドを引き寄せ、名前と住所をささっと記《しる》し、紙をちぎって渡す。

「私でしたらこういう方々のところにうかがいますが。こちらの名前を出していただければ、先方もできる限りのことはしてくれるはずです」

ひげをきれいに剃《そ》って、頭が見事に禿《は》げたスキナー氏。色の薄い唇はきつく真一文字に結ばれているが、青い目に含羞《がんしゅう》がある。頰には赤みがまるでなく、顔はしわが多い。

「新しいズボンにされましたか」夫人が言った。

「いい機会じゃないかと思ってね。胸に花を挿そうかどうか迷った」

「私ならしない」キャスリーンが言う。「ちょっとみっともないもの」

「多いでしょうね、挿してくる人」夫人は言った。

「事務員とかそういう人だけでしょ。ヘイウッドさんが誰彼となく呼ぶから。それに、うちは喪中」

「主教の話のあと、献金はあるのかねえ」

「おそらくないと思いますけど」夫人は答えた。

「そんなのずいぶんみっともないし」キャスリーンが応じる。

「用意はしておいたほうがいい。みんなのぶんを出すよ。十シリングで十分かな。それとも、やはり一ポンドか」

「寄付するんだったらもちろん一ポンドよね、お父さん」

「そうなったら考えよう。ほかより少ないというのはいやだが、かといって、余計にやる理由もない」

キャスリーンは一覧表を机の引き出しにしまって、立ち上がった。腕時計に目をやる。

「ミリセントの用意はできたのかしら?」夫人が訊《き》いた。

「時間ならたっぷりあるわ。四時にってことだったから、半ちょっと前に着くくらいでいいんじゃないかな。デイヴィスには車を四時十五分にまわすよう言っておいた」

ふだんはキャスリーンがハンドルを握り、今日みたいに盛大な行事のときだけ、庭師のデイヴィスが制服を着て運転手を務める。そうすると、着いたときの見栄えがさらによくなるのだ。だいたい買ったばかりのセーターを着ているキャスリーンとしては、あまり運転する気にはなれなかった。母を見ると、新しい手袋に指を一本ずつ押し込んでいた。そうだ、自分もしないと。クリーニング臭がするか嗅いでみる。かすかにした。気づく人はいまい。

ようやく部屋のドアが開き、ミリセントが入ってきた。例のごとく喪服を着ている。この喪服に夫人は慣れることができずにいた。一年間は着なければならない。それは重々承知している。ただ、悲しいかな、似合っていなかった。似合う人もいるのだ。ミリセントのボンネットをかぶってみたことがある。白いリボンと長いベールが付いたもので、われながらよく似合っていた。もちろん大事な夫のアルフレッドには自分より長生きしてもらいたい。でも、先に逝かれたら、生涯を喪服で通そうと思った。ヴィクトリア女王がしていたみたいに。しかし、ミリセントの場合は事情が違う。自分などよりはるかに若い。まだ三十六。その年で未亡人なんてあまりにも不憫《ふびん》ではないか。それに、再婚のチャンスがそうあるわけでもないのだ。キャスリーンだって、いまとなっては結婚の見込みはかなり薄い。三十五なのだから。最後にミリセントとハロルドが帰ってきたときのことだった。キャスリーンを一緒にボルネオへと連れていってあげたら、と言ってみた。ハロルドはずいぶんその気だったようなのに、ミリセントには「よしたほうがいい」と返された。どうしていけないのだろう。キャスリーンにはチャンスではないか。むろん手放したくなどない。でも、女は結婚しないと。気がつけば、こっちにいる男性の知り合いはみんな結婚してしまっていたのだ。いまでは、ミリセントの話だと気候が厳しいらしい。たしかに本人の血色も悪かった。ミリセントのほうが美人だったと思う人はいまい。一方、キャスリーンは、年を取るにつれて痩せていった。細すぎると言う人も中にはいる。だが、髪を切ってみると、天気もかまわずゴルフをして頬の血色がよいこともあり、夫人にはかなりの器量よしと映った。かわいそうに、ミリセントのことをそんなふうに言う人はいない。体型がすっかり変わってしまった。もともと背が高くないのに、そこに肉が付いたものだから、ずんぐりとして見える。太りすぎなのだ。熱帯の暑さが原因ね、と夫人は思った。そのせいで運動ができない。肌は土気色で、かつては最大の魅力だった青い目も、ずいぶんと色が薄くなってしまった。

「あごのところをどうにかしないと」と思った。「二重あごがひどくなってきてる」

この点について、一、二度、夫と話したことがある。「あの娘《こ》もそう若くはないんだよ」と夫は言っていた。そうかもしれないが、無頓着というのはどうか。はっきり言ってあげないと。ただ、いまは深い悲しみの中にいるのだから考えてやらないといけない。一年の喪が明けるのを待とう。こういう口実ができるとやはりほっとした。考えるだけでもピリピリするような話題は先延ばしにしたい。何と言っても、いまのミリセントはどう見ても昔と違う。どこか不機嫌な顔つきで、一緒にいても落ち着けない。夫人としては、思い浮かぶことは残らず口にしたかった。それなのに、とにかく会話をしようと思って何か言っても、困ったことに、きまって返事をしないものだから、聞こえたのかと訝《いぶか》しむはめになった。癪《しゃく》に障って仕方がない。あまり辛辣《しんらつ》にならないようにするには、ハロルドが亡くなってまだ八カ月なんだからと自分に言い聞かせるしかなかった。

窓から差す光を未亡人らしい物憂げな顔に受けながら、ミリセントが静かに近づいてきた。光を背に立っていたキャスリーンは、しばし相手を見つめてから言った。

「姉さん、お話があるの。今朝、グラディス・ヘイウッドとゴルフをしたんだけど」

「勝った?」

グラディス・ヘイウッドというのは、牧師の子供の中で唯一まだ結婚していない娘である。

「姉さんに聞いてもらいたい話があるの」

ミリセントの視線がすっと逸《そ》れて、花壇の花に水をやっている小さな娘のほうへ動いた。

「お母さん、アニーに言ってくれた？　キッチンでジョーンにお茶をやらないと」

「言ったわよ。使用人たちが飲むときにいただくはず」

キャスリーンは落ち着いた様子で姉に目をやった。

「主教がね、帰国の途中にシンガポールで二、三日過ごされたんですって」話を続ける。「旅行が大好きな方みたい。ボルネオにも行ったことがあるらしく、姉さんの知り合いをたくさん知ってるそう」

「あなたに会ったらお喜びになるんじゃないかしらねえ」夫人が言った。「ハロルドとは知り合いだったの？」

「そう。会ったのはクアラ・ソロールというところ。よく覚えているみたい。亡くなったと聞いてショックだったそうよ」

ミリセントは腰を下ろし、黒の手袋をはめていった。こういう話を聞いても黙りこくっているのが夫人にはどうもわからない。

「そうそう、ミリセント」夫人は言った。「ハロルドの写真がなくなったのよ。あなた、持っていった?」

「ええ。片づけた」

「飾るのに持っていったのかと思ったわ」

またしてもミリセントは何も言わない。いかにも人を苛立《いらだ》たせる振る舞いだった。キャスリーンは姉と向き合うように心持ち体の向きを変えた。

「ねえ、ミリセント。どうして義兄さんが熱病で死んだなんて言ったの?」

ミリセントは身じろぎもせず、キャスリーンを凝視する。ただ、土気色の肌に血が上り、黒ずんだ。答えはない。

「何だ、キャスリーン、どういうことだ?」スキナー氏がびっくりする。

「主教が言うには、義兄さん、自殺したんですって」

夫人が頓狂《とんきょう》な声を上げた。夫が、やめないか、というように手で制した。

「本当かい、ミリセント?」

「そうよ」

「なら、どうして言わなかった？」

ミリセントはわずかに間を置いた。わきのテーブルに載ったブルネイ産の真鍮品を指で触れるともなく触れている。これもハロルドの土産だった。

「父親は熱病で死んだことになっているほうがジョーンにはいいと思ったから。何も知らせたくなかったのよ」

「姉さんのせいで家族がとっても困った立場に置かれてるの」キャスリーンが少し顔をしかめて言った。「グラディスには、本当のことを教えてくれなかったのね、ずいぶんひどいじゃないって言われたわ。私だって何も知らなかったってわからせるのに、それはもう苦労した。ヘイウッドのおじさまもだいぶ気を悪くされていて、いろいろ言っているみたい。家族同士の長い付き合い、姉さんの結婚式を執り行ったのも自分、間柄も間柄、いろいろ考えれば、打ち明けてくれていてもよかったのにって。とにかくよ、うちとしたら、本当のことは言いたくなくても、嘘をつくことはなかったわけ」

「それはあの方にも申し訳ないことをした」スキナー氏はきつい口調で言った。

「もちろんグラディスには、責められても困るって言ったわよ。姉さんから聞いた話を伝えただけなんだから」

「それでスコアが伸びなかったとしたらごめんなさい」

「まったく、おまえは。そんなことはどうでもよかろう」父親は語気を強めて言った。そして椅子を離れ、火の入っていない暖炉のほうへ歩いていった。その前に立つと、つい癖で、暖をとるように上着の裾を左右に払った。

「私自身の問題だった」ミリセントは言った。「だから、自分の胸にしまっておくことにしたの。いけなかったかしら」

「自分の母親にも言わないなんて、思いやりも何もないわね」夫人が言った。

肩をすくめるミリセント。

「いつかばれるとわかりそうなものなのに」と、キャスリーン。

「どうして？　噂好きの老牧師同士、するのは私の話ばかりなんて思わないじゃない」

「主教がボルネオに行ったことがあるって言ったら、そんなの当然、ヘイウッドさんだって、あなたとハロルドのことを知ってるかどうか訊くわよ」

「何だ、ああでもない、こうでもないと。本当のことを言ってくれていれば問題なかっただけの話だろう。そうすれば、こっちでも最善の方法が考えられたんだ。弁護士として言うが、何か隠そうとしても、結局、事態は悪いほうに転がる」

「ハロルドもかわいそうに」スキナー夫人がそう言うと、涙がはらはら、紅の塗られた頬を伝った。「なんだか恐ろしい。いつだっていい婿だったのに。いったいどうしてそんな恐ろしいことを？」

「気候のせい」

「事実関係をすべて教えてもらわんと困るよ、ミリセント」

「キャスリーンに訊いて」

キャスリーンはためらった。これから述べることが相当に恐ろしいものであるのは間違いない。こんなことが自分たち家族にも起きるのだというのは耐えがたかった。

「主教が言うには、喉をかっ切ったそうなの」

夫人がはっと息をのみ、とっさにミリセントのほうに近づいた。両腕で抱きしめてやりたかった。

「かわいそうに」嗚咽《おえつ》まじりに言う。

だが、ミリセントはすっと身を引いた。

「お願いだから放っておいて。ほんと、あれこれ言われるのはもうたくさん」

「こら、ミリセント」父親が睨《にら》みつける。

態度があまりよろしくないと思った。

夫人がハンカチでそっと目を拭《ぬぐ》った。ため息を漏らし、軽く首を横に振りながら椅子に戻る。キャスリーンは、首に掛けた長いチェーンをいじくっている。

「なんだか本当に馬鹿みたいよ。義兄《あに》の死について友人から詳しく教えてもらうなんて。おかげで家族全員が大間抜け。主教があなたにぜひお会いしたいって。お悔やみを伝えたいそう」そこで言葉を切るも、ミリセントが何も言わないので、「主教の話だと、姉さんはジョーンと出かけていて、戻ってみたら義兄さんがベッドで亡くなっていたそうなの」

「それはさぞかしショックだったろう」

夫人がまた泣き出したので、キャスリーンは母の肩に優しく手を置いた。

「泣かないでよ、お母さん。目が赤くなって変だと思われるから」

黙っているみんなの前で、夫人は目を拭《ふ》きながらどうにか平静を取り戻した。こんなときにハロルドからもらった羽根を帽子に付けているのがとても奇異に思える。

「ほかにもまだ話があるの」キャスリーンは言った。

おもむろにミリセントがまた視線を向けた。落ち着いた目をしている。ただ、油断はしていない。何かの音を聞き逃すまいとしている人の表情だ。

「傷つけるようなことなんか言いたくないんだけど」キャスリーンが続ける。「まだあるの。聞いてちょうだい。主教の話によると、義兄さん、大酒飲みだったんですって」

「まあ、恐ろしい！」夫人が声を張り上げた。「言うにことかいて。グラディスが言ったの？　なんて答えたの？」

「そんなの大嘘って」

「こういうことになるんだ。こそこそすると」スキナー氏は苛立たしげに言った。「いつもそうだ。もみ消そうとすると、根も葉もない噂ばかりが広まる。真相より十倍も質《たち》が悪い」

「シンガポールで主教が聞いた話だと、痙攣《けいれん》とか精神不安定とか、アルコールの禁断症状が出て、そのときに自殺したらしいの。みんなのことを考えて嘘だと言ってよ、ミリセント」

「恐ろしいわ。亡くなった人のことをそんなふうに言って」スキナー夫人は言った。

「ジョーンが大きくなったときもかわいそうよ」

「それにしてもだ、ミリセント、どうしてこういう話になる？　いつだって節度を守っていただろ、ハロルドは」

「ここではね」

「相当に飲んでいたのか？」

「浴びるように」

あまりにも答えが予想外で、しかも馬鹿にした調子だったものだから、三人とも呆《あっ》気《け》に取られてしまった。

「亡くなった夫のことをよくそんなふうに言えるわね」夫人は大声を上げながら、手袋をきちんとはめた両手をぎゅっと握りしめた。「あなたという娘《こ》がわからないわ。戻ってきてからずうっと変じゃない。自分の娘が夫の死をそんなふうに考えるなんて、夢にも思わなかった」

「そのことはいいじゃないか、母さん。そういう話はまたあとにしよう」

スキナー氏はそう言うと、窓のほうに行き、陽光の当たった小庭を見つめてから、きびすを返した。鼻眼鏡をポケットから取り出し、掛けるつもりもないのに、ハンカチで拭く。その姿をミリセントがじっと見ていた。目には、間違いない、冷笑とも呼べそうな皮肉の表情が浮かんでいる。スキナー氏はいまいましく思っていた。一週間の仕事を終え、月曜の朝までは自由の身である。妻には、ガーデンパーティなんて面倒至極、家の庭で静かにお茶を飲むほうがずっといい、と言った。でも、じつは楽しみにしていたのだ。中国での伝道にはさして惹《ひ》かれなかったが、主教に会うのは楽しかろう。それがこのざま！ こういうたぐいのことには巻き込まれたくなかった。不愉快きわまりない。だしぬけに、自分の娘婿が大酒飲みで、しかも自殺、と聞かされたのだ。ミリセントは思案顔で白い袖口をいじっている。その澄ました感じが苛ついた。しかし、相手にはしないで、次女に話しかけた。

「座ったらどうだい、キャスリーン。椅子ならたくさんあるんだし」

キャスリーンは一つ引き寄せて、無言で腰を下ろした。スキナー氏はミリセントの目の前に立った。

「ハロルドが熱病で死んだと言った理由はもちろんわかる。まずいことをしてくれたものだとは思うがね。そんなことをしても早晩ばれるのだから。主教がヘイウッドさんたちに語ったことがどれほど真実に近いのかはわからない。だが、私の忠告を入れて、すべてをできる限り詳しく教えてもらえまいか。あとは私たちで考える。牧師とグラディスが知っている以上、さらに広まることは避けられない。こういう土地だから、みんな口さがないものだ。どうあれ嘘偽りのないことを知っておくほうが、私たちもこの先やりやすい」

夫人とキャスリーンは、うまいやり方だと思った。ミリセントの返事を待つ。そのミリセントは、何を考えているのかわからない顔で聞いていた。さっき不意に現れた頬の赤みはすでに消え、いつもの血色が悪い土気色の顔に戻っている。

「本当のこと言っても、あんまり喜んでもらえないと思う」ミリセントは言った。「私たちにだって同情心と理解力があるということをわかっていただきたいわ」キャスリーンがかしこまって言った。

ミリセントがちらっと目をやる。微笑のようなものがきつく結んだ口元にちらりと浮かんだ。ゆっくりと三人を見る。その表情を見て、夫人は不吉な気分になった。私たちを仕立屋のマネキンとでも思っているのか。娘のことが、自分たちとは違う世界に住む、縁もゆかりもない存在に思えた。

「そうね、私は愛情がないままハロルドと結婚しました」ミリセントが思い返すように言った。

夫人がまさに叫び声を上げようとした瞬間、夫が素早い合図を送った。かろうじてわかる程度だったが、長い夫婦生活で意はすっかり通じていたので、声を上げずに済んだ。話は続いている。淡々とした声で、ゆっくりと。語調にほとんど変化はない。

「二十七のときだった。ほかに誰も結婚してくれそうな人はいなかった。向こうは四十四で、かなり年には見えたけど、ずいぶんと高い地位にある人だったでしょ。これ以上のチャンスはないだろうと思った」

夫人はまた泣きたくなったが、パーティがあるのを思い出した。

「だから写真を片づけたというわけね」沈んだ声を出す。

「やめてったら、お母さん」キャスリーンが強い調子で言った。

写真というのは、二人が婚約していた時分のものである。ハロルドの写りが抜群だった。夫人は前々から美男だと思っていたのだ。がっしりとした体つき。背が高い。肥満気味であったとはいえ、振る舞いは見事、立派な押し出しをしていた。当時すでに頭が禿げかかってはいた。しかし、それを言うなら、近頃の男性は禿げるのがじつに早い。「日よけ帽とかヘルメットがとにかく毛によくないんです」とハロルドは言っていた。小さな黒い口ひげ、真っ黒に日焼けした顔。もちろん、何よりも素晴らしいのは目だった。茶色くて大きい。娘のジョーンにそっくりだ。話も面白かった。偉そうだとキャスリーンは言っていたが、夫人はそう思わなかった。男の人が居丈高《いたけだか》でも気にはならない。むしろ、ミリセントに惹かれているのがすぐにわかって、大好きになりさえした。いつも熱心に耳を傾けてくれたので、管轄区の話が出ると、こちらも関心が大という感じで聞いてやった。狩りで仕留めた大物《おおもの》の話もされた。彼のことをキャスリーンは、自分を買いかぶっている、と言っていた。だが夫人は、男性の自己評価が高くて当たり前だと考える世代に属していた。ミリセントはハロルドの思いをすぐに察知した。ミリセントからは何も言われなかったが、求婚されたら受け入れるのだろうと思った。

ハロルドがイギリスで滞在していた家の人たちはボルネオで三十年も暮らした経験があり、ボルネオのことを高く評価していた。女性でも不自由なく暮らしていけるという。もちろん、子供が七歳になったら本国へと戻すことになる。しかし、いまからそれを考えても仕方がないと夫人は思った。ハロルドを夕食に招待し、さらに、お茶の時間はいつも在宅であることを伝えた。暇を持て余しているようなので、旧友を訪ねて歩くのもそろそろ終わりというときに、「二週間お泊まりいただけたら家族も喜びます」と誘った。この滞在が終わる頃、二人は婚約したのだった。とても立派な式を挙げ、ハネムーンをベニスで過ごし、それから東洋に発った。ミリセントからは、船が寄港する先々から便りが届いた。幸せそうだった。

「クアラ・ソロールの人たちにはとてもよくしてもらった」ミリセントは言った。クアラ・ソロールというのは、セムブル州で一番の町である。「滞在先はグレイ駐在員のところ。会う人会う人から夕食に招待された。一、二度、ハロルドがお酒に誘われているのを耳にしたけど、断ってたみたい。新規蒔《ま》き直しだよ、妻ある身だからね、という返事を聞いてみんなが笑ってた。あのときは理由がわからなくて。グレイ夫人も、ハロルドが結婚してくれて喜ばない人はいません、駐在も僻地《へきち》だと独り身にはひどくこたえますから、とか言うの。クアラ・ソロールを発つときだって、やけに含みのある挨拶をされて仰天した。真剣な気持ちであなたに彼を託すんですから、みたいに」

三人とも黙って聞いていた。キャスリーンは、姉の無表情な顔から決して視線を逸らすことがない。スキナー氏はまじろぎもせず、正面の壁に掛かるマレーの武器を見つめていた。短剣と短刀だ。その下のソファに夫人が座っている。

「一年半後よ。クアラ・ソロールへ戻ったときだった。あの人たちの奇妙な対応の理由がようやく判明したのは」小さく、妙な音を漏らした。嘲笑のつもりなのか。「あのとき、それまで知らずにいたことがいろいろとわかった。ハロルドが帰国したのは、結婚が目的だったのね。相手なんか誰でもいい。お母さん、覚えてる？　私たち、彼を捕まえようと必死になったじゃない。わざわざあんなことする必要なかったわけ」

「何のお話かしら」そう答える夫人の語気がずいぶんと荒い。企みがあったなどと当てつけがましく言われるのが気に入らなかったのだ。「ハロルド、あなたに気があったのよ」

ミリセントがむっちりした肩をすくめる。

「とんでもない飲んだくれだった。毎晩ウイスキーの瓶を片手にベッド、朝にはもう空っぽ。第一書記官から、酒をやめないなら辞職してもらう、と言われてた。もう一度チャンスをやろう。休暇を取ってイギリスに戻りたまえ。結婚をしなさい。帰ってきたときには面倒を見てくれる人ができるじゃないか、とも。結婚したのは、お目付役が欲しかったからなのよ。クアラ・ソロールじゃ、いつまで素面《しらふ》が続くか賭けられてた」

「それでもハロルドはあなたのことが好きだったのよ」夫人が話を遮った。「知らないのね。よくあなたの話を聞かされたこと。それに、ちょうどいま話に出た時期、あなたがジョーンの出産でクアラ・ソロールに行ったときも、あなたのことを書いた素敵な手紙をくれた」

ここでまた、母親に目を向けたミリセントの土気色の肌が色濃く染まった。膝に置いた両手がかすかに震え出す。結婚して最初の数カ月のことを思い出したのだ。公用の小型船で河口に着き、その夜はバンガローに泊まった。海辺の別荘だとハロルドがふざけて言っていた。翌日、帆船《ほぶね》で川をさかのぼった。それまでに読んだ小説から、ボルネオの川というのは暗くて妙に不気味なのだろうと思っていたが、空は青く、小さな白い雲が点々と浮かび、水流に洗われるマングローブとニッパヤシの緑が陽光を受けてきらめいていた。両岸には道なきジャングルが広がり、遠くには、ごつごつとした山らしきシルエットが空を背にして浮かび上がっている。早朝の空気は軽くすがすがしい。豊かな友好の地に踏み入る気がして、果てしなき自由を感じた。岸に目を凝らしていると、もつれ合った木々の枝に座る猿が姿を現す。一度、ハロルドが丸太のようなものを指差し、「ワニ」と言った。浮き桟橋には副駐在員が待っていた。麻服を身につけ、日よけ帽をかぶっている。きちんとした身なりの小柄な兵隊十余名が、表敬のために整列をしていた。副駐在員に紹介された。シンプソンという。

「これはこれは」シンプソンがハロルドに向かって言った。「お帰りなさいませ。いらっしゃらないとやけに寂しいもんですねえ」

駐在員のバンガローは、小さな丘のてっぺんに立っていた。花という花が色鮮やかに咲く庭がまわりを囲む。若干ガタがきていて、家具もまばらだったが、部屋はどれも涼しくゆったりとしていた。

「集落が下にある」ハロルドが指差す。

そのほうを目で追うと、ココナツ林の中から銅鑼《どら》を鳴らす音が響いた。胸の奥が妙にざわついた。

たいしてすることもないのに、毎日がずいぶん早く過ぎていった。夜が明けると、ボーイというのがお茶を持ってくる。その後、ハロルドはランニングシャツと腰布、自分はドレッシングガウンという格好で、ベランダをぶらつきながら朝の香りを楽しむ。そのうちに朝食の時間となって、着替え。食事が済んでハロルドが仕事に出たあと、一、二時間、マレー語を勉強する。昼食が終わると、仕事に戻るハロルドに対して、自分は昼寝。お茶の時間はそろっていただき、元気を回復してから、散歩に出る。九ホールあるゴルフ場でプレーをするときもあった。ゴルフ場はバンガローの下、密林の一部を切り開いた平地にハロルドが作ったものだ。六時に日が暮れると、シンプソンがぶらぶらと酒を飲みにやってくる。遅い夕食の時間まで世間話をする。ハロルドとシンプソンがチェスをすることもあった。夜は、うっとりするほど芳《かぐわ》しい。ホタルが来ると、バンガローの真下に群生する灌木《かんぼく》が、冷たい火花を放って震える篝《かがり》火《び》へと変わっていく。樹木が花を咲かせれば、夜気に甘い香りが満ちた。夕食後、ひと月半前にロンドンから発送された新聞を読み、それからしばらくしてベッドに入るのだった。

ミリセントは、所帯を持つ身であるのがうれしかった。自分の家がある。現地の使用人にも文句はない。みんな派手な色の腰布を巻き、家の中を裸足で歩き回っている。無口だが人なつっこい。駐在員の奥方というのは、重要人物になった気分になり愉快だった。ハロルドは、現地の言葉を話すときの淀みなさといい、統率ぶりといい、威厳といい、素晴らしかった。ミリセントはときどき裁判所に出向いて夫の審理を拝聴した[1]。多岐にわたる職務を手際よくさばいていくので尊敬の念がわいた。シンプソンの話では、この国の誰よりも現地人のことをよく理解しているという。信念の強さ、如才のなさ、陽気さを兼ね備えている。この資質は、肝が小さく、執念深く、猜疑心《さいぎしん》の強い現地の人間を相手とする場合には欠かすことができない。ミリセントは夫を幾分か畏敬《いけい》するようにさえなった。

結婚しておよそ一年が経《た》った頃のこと、内陸に向かうという本国の博物学者が二人やってきて、数日を過ごすことになった。総督による熱心な推薦状を携えていたので、ハロルドは歓待を約束した。両人の来訪はいい気晴らしとなった。シンプソンも呼んだ(〈要塞〉と呼ばれる場所に住むシンプソンは、ふだん日曜しか夕食をともにしない)。食後、男四人はブリッジを始めた。自分はすぐに下がり、床に入った。だが、うるさくてしばらく眠れなかった。何時頃だろう。ハロルドがよろよろと部屋に入ってきて目が覚めた。しかし、何も言わないでおいた。寝る前に汗を流すつもりになったのか、階段を降りていった。部屋の真下に浴室がある。派手な音が響いた。足を滑らせたらしい。当たり散らしている。突然、げーげーやり出した。それから、バケツ何杯もの水を盛大に浴びるのが聞こえたかと思うと、そろりそろりと階段を上がる音がして、すっとベッドに入ってきた。眠っている振りをしてやった。うんざりだった。べろんべろんの夫。朝になったら言ってやる。客たちはどう思うだろう。ところが、である。朝になってみると、いつもの威厳が戻っていた。昨夜の一件がなかなか持ち出せない。そのまま八時となり、客と一緒に朝食の席に着いた。ハロルドがテーブルを見回す。

「オートミールか。ミリセント、食べるなら、お二人とも何よりウスターソースがなければだめだと思うよ。僕はだね、ウイスキーソーダで我慢するとしよう」

客たちは笑った。だが、恥じ入るようにしている。

「ご主人には参りましたよ」一人が言った。

「初日にお客人を素面で眠らせてしまったら、歓待の使命をきちんと果たしたことにはならんでしょう」いつもの堂々とした声できっぱりと答える。

---

1 当時、大英帝国の保護領だった北ボルネオ（現マレーシアのサバ州あたり）は、勅許を得た「北ボルネオ会社」によって統治されており、現地駐在員が官吏を兼ねた。

苦笑いを浮かべたミリセントは、二人も同じように酔っ払っていたのだと思い、胸を撫《な》で下ろした。次の晩は寝ずに相手をしたら、ほどよい時間にお開きとなった。とにかく、客が旅を再開してくれたときはほっとした。夫婦の生活がまた静かになった。

それから数カ月後のことである。管轄区の巡回視察に出たハロルドが、ひどいマラリアを患って戻ってきた。何度も耳にしていた病を目の当《ま》たりにしたのはこのときが初めてだったので、回復したのに震えがひどくても変だとは思わなかった。ただ様子はおかしい。職場から戻ると、どんよりした目で見つめられることがよくあった。ベランダに突っ立って、わずかにふらふらしているときもある。それでも威厳を失うことはなく、本国の政情について長広舌を揮《ふる》った。話の流れを見失うと、茶目っけのある目で見てくる。生まれつき貫禄があるものだから、そんな目をされるといささか戸惑ってしまう。

「どうもいかん。いまいましいな、このマラリアというやつは。なあ、君、女にはわからんよ。帝国を築くというのが男にとってどれほどの重圧なのかは」

シンプソンが心配し始めていた。一、二度、二人だけになったとき、何か言いたげな様子を見せたが、気が小さいものだから、寸前で思いとどまったようだった。何かあるという思いが強まって不安になり、どういうわけかハロルドの帰りがいつもより遅くなったある晩、ずばりと訊いてみた。

「シンプソンさん、何かお話がおあり?」不意を突く。

シンプソンは顔を赤らめた。なかなか言葉が出ない。

「とくにありませんが。なぜお話があると思われるんです?」

シンプソンというのは、ひょろひょろっとした若者だった。二十四歳。波打つきれいな髪を無理にぺったりと撫でつけている。手首が蚊に刺されて腫《は》れている。ミリセントはじっと相手を見つめた。

「ハロルドと関係があることでしたら、はっきりおっしゃっていただかないと。そのほうが親切というものじゃありません?」

そう言われてシンプソンは真っ赤になった。籐《とう》椅子に座ったまま、もじもじしている。なおも迫ると、ようやく言った。

「上司のことを裏でこそこそ言うなんて、生意気なやつだと思われるでしょうね。マラリアというのは、一回なるとすっかり衰弱してしまうんです」

そこでまた言い淀んだ。口の両端がだらんと下がり、いまにも泣きそうだった。ミリセントの目にはまるで少年に映る。

「誰にも言いませんから」不安を悟られまいと笑顔で言った。「お願い」

「申し上げにくいのですが、ご主人、オフィスにウイスキーの瓶を置かれてます。そうなると、どうしてもちびちびということに」

声が興奮でかすれている。ミリセントは、冷たいものがさっと全身に走るのを感じ、ぞくりとした。すべてを白状させるまで怖がらせてはいけない。そう思い、どうにか自分を抑える。シンプソンがなかなか話そうとしないので、甘い言葉をかけ、義務感に訴えてせっついてみたが、とうとう自分のほうが泣き出してしまった。するとこんな言葉が返ってきた。この半月ほどはとにかく酩酊のご様子で、土地の連中も、結婚前みたいにひどくなるのでは、と噂しています。以前から暴飲が常らしかった。詳しく聞かせてとせがんでも、頑として口を割らない。

「いまも飲んでるのかしら?」

「わかりません」

いきなり恥ずかしさと怒りに襲われて体がかっとなった。シンプソンが住んでいる〈要塞〉は、ライフルと弾薬が保管されていることからそう呼ばれているが、そこは同時に裁判所でもある。駐在員のバンガローの向かい、やはり庭に囲まれて立っていた。日が沈もうとしているので、帽子の必要はない。ミリセントは立ち上がり、庭を突っ切ってそちらに歩いていった。ハロルドは、裁判を行う大講堂の奥にあるオフィスにいた。机にはウイスキーの瓶。煙草を何本も吸いながら話をしていたらしい。前に立って話を聞いている三、四人のマレー人の顔には、追従《ついしょう》笑いと嘲笑いが同時に浮かんでいる。ハロルドの顔は赤かった。

姿を消すマレー人たち。

「様子を見にきたの」

日頃から妻をことさら丁重に扱うハロルドは起立した。だが、そのとたん、ぐらりとした。ふらつきそうになると、貫禄ある態度を精一杯に見せる。

「ま、座りたまえ、座りたまえ。仕事が立て込んで帰れんよ」

ミリセントが怒りのこもった目を向ける。

「酔っ払い」

見返すハロルド。少し目を見張る。傲岸《ごうがん》な表情がじわじわと大きな肉厚の顔に広がっていった。

「いったい何の話だ」

激しい怒りの言葉を並べ立てるつもりでいたミリセントが、どっと涙を流した。椅子に沈み込み、顔を隠す。その様子をしばらく眺めていたハロルドの頰を涙が伝った。両手を大きく広げて妻に近づき、倒れるように両膝をつくと、すすり泣きながら相手をかき抱《いだ》いた。

「許してくれ、許してくれ。二度としない。マラリアのせいなんだ」

「本当にくやしい」ミリセントが呻《うめ》く。

ハロルドは子供みたいにしくしく泣いた。威厳あふれる大男が卑下する姿にはひどく切ないものがあった。ほどなくしてミリセントは顔を上げた。懇願と悔恨に濡れたハロルドの目が自分を見ている。

「二度とお酒には手を出さないと誓ってくださる?」

「ああ、もちろん。酒は勘弁だ」

ミリセントが告白したのはそのときだった。子供ができたの。ハロルドは狂喜した。

「待ってたんだ。これで酒とは縁が切れる」

バンガローに戻った。ハロルドは体を洗い、軽い睡眠を取った。夕食後、長い時間をかけて冷静に話し合った。結婚する前は健康も考えずによく飲んだ。そう打ち明ける。僻地だと悪習に染まりやすいんだよ。妻の要求もすべてのんだ。それから数カ月、妻が出産でクアラ・ソロールに赴くまで、夫としてのハロルドは完璧だった。優しく、思いやりがあり、誇りに満ち、愛情が細やか。非の打ちどころがなかった。小型船が迎えにやってきた。これから一カ月半、離れることになる。留守中は一滴も飲まないと約束した。妻の肩に手を置き、いつもの威厳あふれる調子で言う。

「約束は必ず守る。約束なんかしなくても、これから大仕事をする君をさらに苦しめるようなことはしないさ」

娘のジョーンが生まれた。ミリセントはグレイ駐在員宅で世話になった。夫人は情に厚い年配の女性で、とてもよくしてくれた。二人だけで長い時間いると、することといったら会話くらいしかない。やがて、夫の酒にまつわる過去が余さず明らかになった。女房を連れて帰らなければ解任する。そう言われたものらしい。これが何よりも我慢ならなかった。鈍い怒りがわく。どうしようもない飲んだくれだったとまで聞かされ、漠とした不安を感じた。自分が留守にしていては酒の誘惑に逆らえないのではないか。そう思うと怖い。赤ん坊と子守《アーヤ》を連れて帰ることになった。一晩を河口のあたりで過ごすので、あらかじめカヌーで使いをやり、帰宅を知らせておいた。小型船が栈橋に近づくときには不安な気持ちで眺めた。ハロルドとシンプソンが立っている。きちんとした身なりの小柄な兵たちも並んでいる。心が沈んだ。ハロルドがかすかにふらついているのだ。揺れる船でバランスを取ろうとする人に見える。酩酊しているのがわかった。

わが家に帰ってきたというのに、あまりうれしくはなかった。ここまで語ったミリセントは、両親と妹が黙って聞いているのをほとんど忘れていた。はっとわれに返り、三者の存在をふたたび意識した。話していたことすべてが、はるか遠いものに思える。

「あのとき、彼を憎んでいるのがわかった」話を続けた。「殺してたっておかしくない」

「まあ、ミリセント。そんなこと言っちゃだめ」夫人が叫んだ。「この世にいない人なのよ」

ミリセントが母親を見つめる。表情の消えた顔が一瞬、険しくなった。父親が不安げに体を動かす。

「続けて」キャスリーンが言った。

「すべてを知られたとわかっても、あの人はあまり気にしなかった。三カ月後、またひどい禁断症状」

「なんで出ていかなかったの？」

「そんなことしてどうなった？　あの人が半月後には解雇されるだけ。誰が私とジョーンの面倒を見てくれるというの？　別れるわけにはいかなかった。それに、飲まなければ不満はなかったし。私を愛してはいなかったけど、好意は持ってくれていた。こっちだって、愛していたから結婚したわけじゃない。したかったからしただけ。アルコールに手を出さないように最善を尽くした。グレイさんに頼み込んで、クアラ・ソロールからウイスキーが届かないようにもした。なのに、中国人から手に入れて。とにかく目を光らせたわよ。悪知恵ではかなわなかったけど。で、しばらくしたらまたひどくなった。職務も怠慢になった。そのうち苦情が出るんじゃないかとびくびくしたわ。クアラ・ソロールまでは二日かかるから助かったけど、何か伝わったんじゃないかしら。グレイさんから私あてに警告の手紙が届いたもの。ハロルドに見せたら、怒りまくる、怒鳴りまくる。でも、怖がっているのがわかった。それから二、三カ月は一滴もやらなかったから。で、また手を出す。そんなのが休暇まで続いた。

ここに帰ってくる前、ちゃんとしてってって拝み倒した。結婚相手がどんな人かみんなに知られたくなかったから。イギリスにいるあいだは大丈夫だったけど、向こうに戻る前にもう一度、釘を刺しておいた。彼、娘のジョーンのことが大好きだったのね。自慢の種。娘もなついてた。もともと母親よりも好きだったみたい。そこで訊いてみたわけ。父親が大酒飲みだと知りながら娘が大きくなってもいいのか、って。これで首根っこが押さえられた。想像して恐慌をきたしてた。脅してやったわよ。そんなこと、この私が許さない。酔っ払っているのをジョーンに見せるようなことがあったら、即、連れて出ていきます、ってね。そしたら、あの人、真っ青になった。その晩は私、ひざまずいて神に感謝したわ。夫を救う道が見つかったから。

力になってくれるなら、もう一度努力してみる。そう言われた。だから力を合わせて戦うことにした。実際、彼は命がけだった。どうしても飲まずにいられなくなると、私のところにやってくる。ずいぶん尊大なところもあったけど、私にはとても謙虚、子供も同然だった。私がいないとだめなのね。結婚するときは私のことなんか愛してなかったんでしょうけど、あのときは愛してくれていた。私とジョーンのことを。私も昔は彼を憎んでた。恥ずかしい思いをさせられたから。酔っ払って偉そうにされるとぞっとしたから。それなのに、不思議な気持ちが芽生えた。愛じゃない。何と言うのか、おずおずした情愛。たんなる夫という存在ではなかった。つらいのに何カ月もお腹《なか》に宿した子供のようだった。私のことを心から誇りに思ってくれたし、私も彼を誇りに思った。あの人の長話にいらいらすることもなくなって、威張った態度も、むしろおかしくてかわいいと思っただけ。ついに私たちは勝利した。二年間、彼は一滴たりとも飲まなかったのよ。欲しがる気持ちもすっかり消えてた。そのことで冗談さえ出るようになったわ。

その頃よ、シンプソンさんと入れ替わりでフランシスという青年が赴任してきたのは。ハロルドが言ってた。僕はね、酒浸りだったんだよ、フランシス。いまは心を入れ替えたがね。妻がいなかったら、とうの昔に首。世界一の奥方さ……。わからないわよね。その言葉が私にとってどれほどの意味があったかなんて。苦労のかいがあったと思った。すごく幸せだった」

言葉が途切れた。黄色く濁るあの広々とした川のことを思い出したのだ。岸辺の暮らしはじつに長かった。シラサギの群れが、ゆらゆらと沈みゆく太陽の光を受けながら、下流に向かって、低く、速く飛んでいき、ぱっと散る。真っ白い音符がさらさらと流れていくかのようだった。甘く、清く、軽やかに。目には見えない指先が、目には見えない竪琴で紡ぎ出す聖なるアルペジオだろうか。それは、心安らかな人の幸せな思い出のように、緑に覆われた河岸のあいだを宵闇に包まれて飛び去っていった。

「そんなときよ、ジョーンが病気になったのは。それから二週間、不安でたまらなかった。クアラ・ソロールまで行かないと医者はいない。だから、土地の薬剤師に診てもらうしかなかった。治ってから、海の空気を少し吸わせてあげたくて、河口に連れていった。滞在は一週間。お産以来、ハロルドと離れ離れになったのはあれが初めてね。近くに、海中に杭を打ち込んだ上に家を建てた漁村があったけど、実質的にはジョーンと二人きり。ハロルドのことばかり考えて、すごく情がわいた。それでふと気がついたの。愛してるって。帆船の迎えが来たときはとてもうれしかった。愛してると伝えたかったから。きっと彼も喜ぶだろうと思った。言いようもなく幸せだったわ。川をさかのぼっていくときに村長さんから聞いたんだけど、フランシスさんは奥地に出かけてたみたい。夫殺しの女を捕まえるため。二日経ってた。

意外だったのは、ハロルドが桟橋で待ってくれてなかったこと。そういうのはいつも几帳面だったから。知人相手と同じ、夫婦でも礼儀を尽くすべきというのが彼の持論だったし、来られない用事も思いつかなかった。家まであの小さな丘を歩いた。ジョーンは子守に連れてこさせて。着いてみたら異様な静けさだった。使用人たちもいない感じ。意味がわからなかった。ハロルドったら、こんな早く帰ってくるとは思いもしなくてどこかへ出かけてるのかしら、と思った。上がり階段から中に入った。ジョーンは喉がからからだったから、子守に言って、何か飲ませに使用人部屋へ連れていかせた。ハロルドは、居間にはいなかった。呼んでみたけど返事もない。いるかと期待してたからがっかり。寝室に入ってみた。出かけてなかったのね。ベッドで寝てた。これは面白いことになったと思ったわ。いつも昼寝なんかしないって振りをしてたから。われわれ白人には余計な習慣、とか言って。そーっとベッドに近づいた。いたずらしてやろうと思ったの。蚊帳《かや》を開けたら、仰向《あおむ》けに寝てた。腰布のほかは裸。そばにウイスキーの空き瓶があった。酔い潰れてた。まただった。あんなに長いこと頑張ったのに、すべてが水の泡。夢なんか全部すっ飛んだ。完全にお手上げ。かーっとなった」

ミリセントの顔がまた赤黒くなった。座っている椅子の肘掛けをぎゅっと握りしめる。

「両肩を引っつかんで、力まかせに揺さぶってやった。けだもの、このけだもの、って怒鳴りながら。頭に血が上りすぎて、何をしたのか、何を言ったのかもわからない。ひたすら揺さぶった。醜悪の極みだったのよ、あのでぶ男。半裸で。何日もひげは剃らないまま。顔はむくんで紫。はあはあ苦しそうに息してた。わめいてみたって、うんともすんとも言いやしない。ベッドから引きずり出してやろうと思ったけど、重すぎた。丸太ん棒みたいにどてっとして。大声で、目を開けなさいよって言って、また揺さぶってみた。憎かった。この一週間、本気で愛していたから、なおさら憎かった。裏切り。裏切りよ。薄汚いけだものだと思い知らせてやりたかった。でも、どうにもならない。目を開けなさい、って怒鳴った。こっちの目を見るまで諦めるつもりはなかった」

そこでミリセントは乾いた唇を舐《な》めた。息が上がっているようだ。黙っている。

「それだったら、寝かせておけばよかったのに」キャスリーンが言った。

「ベッドわきの壁にパランが掛かってた。大の古物《ふるもの》好きだったのは知ってるわよね」

「パランって何？」夫人が訊く。

「おいおい、何を言ってるんだ。すぐ後ろの壁にあるだろう」

苛立たしげに答えた夫は、マレーの短刀を指差した。最前からどういうわけか無意識に目が向いていた。夫人は、すぐそばに蛇がいると言われたかのように、びくっとして、素早くソファの隅に体を寄せた。

「いきなりハロルドの喉元からどばっと血が吹き出した。首が真一文字に赤くざっくり裂けてた」

「ミリセント」キャスリーンは叫ぶように言い、姉に飛びつかんばかりの勢いで立ち上がった。「えっ、いったいどういう意味？」

夫人も立ち上がり、娘を見つめている。仰天して目玉が飛び出しそうになり、口をあんぐり開けている。

「パランが壁から消えてた。ベッドにあった。やっとハロルドが目を開けてくれたわ。ジョーンそっくりの目」

「よくわからん」スキナー氏が言った。「おまえの言うとおりだったとするならだ。どうして自殺なんかできたんだ？」

キャスリーンは姉の腕をつかみ、怒りにまかせて体を揺さぶった。

「ミリセント、お願い、わかるように言って」

ミリセントが腕を振りほどく。

「パランが壁に掛かってた。さっき言ったわね。何があったんだろう。血の海になってて、ハロルドが目を開けた。と思ったらすぐに死んじゃった。何も言わずに。呻き声みたいなのは漏らしたけど」

とうとうスキナー氏が絞り出すように言った。

「そんな、おまえ。人殺しじゃないか」

顔をまだらに染めたミリセントが、軽蔑をにじませた憎しみの目を向けた。気圧《けお》されて氏はあとずさった。夫人が叫ぶように言う。

「ミリセント、あなたじゃないわよね？」

そう言われてミリセントが見せた行動に、全員、血が凍るような感覚を味わった。くすくすと笑ったのだ。

「ほかに誰がやるのよ」

「何てことだ」スキナー氏がつぶやくように言った。

キャスリーンは棒立ちのまま、両手を胸に当てていた。もう心臓がもたないとでもいうかのように。

「で、それから？」

「悲鳴を上げてから、窓のほうに行った。思いっきり窓を開けて子守を呼んだら、娘と一緒に中庭をやってくるじゃない。怒鳴ったわ。ジョーンはだめ、連れてこないで。コックに連れていかせてたわね。それから子守を大声で急《せ》かせ、着いたところでハロルドを見せた。旦那さまが自殺した！　そう叫んだら、悲鳴を上げて出ていった。誰も近づこうとしないの。仰天して、何が何だかわからなかったみたい。フランシスには手紙で事情を知らせて、すぐ戻るように頼んだ」

「事情って、どういう？」

「河口から戻ってきたらハロルドが喉を切って死んでた。そう書いたの。とにかくよ、熱帯地方はすぐに埋めないとまずいでしょ。中国式の棺《ひつぎ》を手に入れた。例の兵隊たちが〈要塞〉の後ろに穴を掘った。埋葬して二日くらい経ってから、フランシスが戻ってきた。まだまだ子供だったわね。だからどうにでもなった。発見したときパランを握ってたから、禁断症状が出て自殺したのは間違いない、とか言って、空き瓶を見せた。使用人たちの話だと、私が河口に行ってからずっとがぶ飲みしてたということだったし。クアラ・ソロールでも同じ話をした。いろんな人にとても優しくしてもらったなあ。政府からは恩給が出たわよ」

しばらくみんな黙っていた。ようやくスキナー氏が気力を振り絞るようにして言った。

「事務弁護士とはいえ、私も法曹界の人間だ。ある種の義務というものがある。事務所だってごく真っ当な仕事を続けてきたんだ。とんでもないことをしてくれたよ」しどろもどろになった。頭が混乱して、言うべき言葉がなかなか出てこない。ミリセントが馬鹿にした目で見ている。

「どうするつもり？」

「殺人だぞ、殺人。見て見ぬ振りできると思うのか？」

「何てこと言うのよ、お父さん」キャスリーンがきっとなった。「自分の娘を見捨てるなんて」

「とんでもないことをしてくれたよ」そう繰り返す。

ミリセントはここでもまた肩をすくめた。

「無理に話せって言ったからじゃない。自分一人で抱えるのはもうたくさん。これからはみなさんにも、ね」

そのときドアが開いた。メイドが告げる。

「お車が参りました」

キャスリーンがなんとか冷静に言葉を返した。メイドが下がる。

「そろそろ行かないとまずいわよ」ミリセントが言った。

「いまさらパーティなんて」夫人がぎょっとして大声を上げた。「ショックが大きすぎるわ。ヘイウッドさんに顔向けできて？ それに、きっと主教さんから、あなたを紹介してくれと頼まれる」

ミリセントは、どうでもいいわという仕草を見せた。目にはおなじみの皮肉な表情が浮かんでいる。

「みんなで行かないと変に思われるから」キャスリーンはそう言うと、憤然としてミリセントのほうを向いた。「本当になんてみっともないことしてくれたのよ」

妻にすがるような目で見られたスキナー氏は、そばに寄ってソファから立たせてやった。

「出かけないといけないよ、母さん」

「私も、ハロルドが持ってきてくれた羽根なんか帽子に付けて」夫人は弱り切った声を出した。

夫が妻を部屋から連れ出し、そのあとにキャスリーンがぴったりとつく。一、二歩遅れたミリセントが静かな声で言った。

「ほら、すぐに慣れるから。私も初めのうちは頭から離れなかったんだけど、いまじゃ二、三日まるまる忘れちゃう。心配ないわよ」

答える者はいない。ホールを抜け、玄関を出る。婦人三名が後部座席、スキナー氏が助手席に陣取った。セルフスタートができない旧式の車である。庭師のデイヴィスがボンネットのところに行ってクランクを回す。スキナー氏は後ろを振り返り、むすっとした顔でミリセントを見ながら言った。

「聞くんじゃなかった。まったく勝手なやつだ」

デイヴィスが運転席に着く。パーティに向けて車が発進した。

幸せな二人

おそらく私はあまりランドンのことが好きではなかったのだと思う。同じクラブの会員で、昼食時によく隣り合わせとなった。向こうが中央刑事裁判所《オールド・ベイリー》の判事だったおかげで、傍聴したくなる興味深い公判があるときは特別席に座らせてもらえた。肩までであるボリュームたっぷりのウィッグをかぶり、赤い法服とアーミンの毛皮でできた肩衣《けんい》をまとって座す姿は堂々たるもので、色白の長い顔、薄い唇、水色の瞳が見るものをぞくりとさせた。公正ではあるが厳しく、長期刑を言い渡す直前に被告へと浴びせる叱責の言葉を聞かされると、場合によってはこっちが怖くなった。ところが、である。昼食の席ではきついジョークを飛ばし、審理を終えた事件のことを進んで話してくるものだから、話し相手としてはそれなりに楽しく、一緒にいて感じるかすかな不快感が気にならなくなってしまう。ある男に絞首刑が宣告されたあとのことである。少しは動揺するのか訊《き》いてみた。すると、ポートワインをすすりながら微笑んだ。

「全然。あの男には公平な審理を受けさせたんですからね。私が努めて公正に事件のあらましを説明し、結果、陪審が有罪と見なした。死刑の宣告を下すのは、十分それに値《あたい》するからにすぎない。裁判が終われば事件のことなど忘れますよ。それができないのは情にもろい馬鹿だけでしょう」

私と話をするのが好きだということは承知していたけれども、まさかクラブの知り合い以上に見なしているとは思わなかった。だから、ある日のこと、そのランドンから電報が届いたときには少なからず驚いた。リヴィエラで休暇を過ごそうと思っている。ついては、イタリアに行く途中、二、三日滞在させてもらえないだろうか。そう書いてあったのだ。お会いできるのを楽しみにしていますと返事は打ったが、駅で出迎えたとき、何とも言えない不安を感じた。

当日、助っ人として旧知の隣人ミス・グレイを夕食に呼んだ。年配でありながら魅力がある。そのうえ、楽しい話に淀みがなく、何があってもやむことがない。二人にはご馳走を出した。ポートワインがないので、ランドンには上等なモンラッシェ、さらに上等なムートン・ロートシルトを提供したところ、どちらも喜んでもらえた。これはうれしかった。カクテルを勧めて憤然とはねつけられたあとだったのだ。

「どういうものですかな。洗練されているはずの人たちが、カクテルなどという野蛮で虫唾《むしず》の走るものを楽しむ」

言っておくが、こんなことで引き下がるミス・グレイと私ではない。いらいら、じりじりする相手を尻目に、ドライ・マティーニを二杯ずつ飲んだ。

とにかく、夕食は成功だった。高級ワインとミス・グレイの陽気なおしゃべり。二つがあいまって、かつてないほどランドンの愛想がよくなったのだ。外見は厳《いか》めしくとも、女性との付き合いが好きなのは隠しようもない。それにまた、ミス・グレイが似合いのドレスを身につけていた。きれいな髪にはちょっぴり白いものが交じり、面立ちは美しく、目はきらきらと輝き、あいかわらず艶《なま》めかしい。食事が終わり、年代物のブランデーが入ってますます蕩《とろ》けていったランドンは調子を上げ、関わった有名な裁判の話をあれこれ二時間もして、私たちを夢中にさせた。そういったわけで、ミス・グレイから「明日、昼食にいらっしゃいませんか」と誘われたとき、こっちが返事もしないうちにランドンがいそいそとオーケーしてしまっても驚きはしなかった。

「じつに素敵な女性だ」ミス・グレイが帰るとランドンは言った。「それに頭もいい。若い頃はさぞかし美人だったんでしょう。いまだって捨てたものじゃない。どうして結婚されないので？」

「誰にも求婚されなかったとよく言ってますが」

「たわけたことを！　女は結婚しなくちゃいかん。こういう手合《てあい》が多すぎる。自由が欲しいだとか吐《ぬ》かして。我慢がならん」

ミス・グレイが住む海に面した小さな家はサン・ジャンにあった。フェラ岬にある私の家からは三キロほど。翌日は車で一時に着き、それから居間に通された。

「驚くわよ」握手を交わしながら、ミス・グレイが言った。「クレイグ夫妻が来るの」

「やっと知り合いになれましたか」

「まあね。隣同士、しかも毎日同じビーチで泳いでいるのに口を利かない道理はないじゃない。そこで思いきって当たってみたら、今日の昼食に来てくださることになったわけ。お会いしてもらって、意見を聞かせてくれたらと思ったの」ランドンのほうを向いて、「かまわないかしら？」

ランドンが、また馬鹿丁寧な返事をしたものだ。

「ミス・グレイのご友人でしたら、どなたでも喜んでお会いさせていただきますよ」

「いいえ、お友達というわけではないんです。よくお見かけしてはいたんですけど、話をしたのは昨日が初めて。作家の先生と高名な判事にお会いできるとなれば、向こうも喜びますわ」

この三週間、クレイグ夫妻のことはミス・グレイからずいぶん聞かされていた。隣の小さな別荘に借り手がついたとき、最初、迷惑な連中なのではと心配したという。一人の時間を大切にするミス・グレイは、社交上の煩瑣《はんさ》なことに気を遣うのが好きではない。ところが、夫妻のほうでも近づきになろうと思っていないのが早々にわかった。たしかにこういう狭い場所だから、どうしたって一日に二度、三度と顔は合わせる。なのに、またお会いしましたね、と目礼するでもない。人の生活に土足で踏み込まないところなんかずいぶん気が利いて、などと最初はミス・グレイも言っていたが、向こうが交際を望んでいないらしい様子に、腹を立てるということはなくても、やや面喰らってはいるようだった。きっと我慢できずに先手を打つだろう、と私は予想していた。一度、ミス・グレイと散歩しているときに夫妻と行き違ったことがある。私はたっぷり二人を観察した。亭主は男前である。真面目そうな赤銅色の顔。白髪まじりの口ひげ。太くて強《こわ》い髪にも白いものが目立つ。振る舞いも堂々としたものだった。無愛想な中に温かみがあり、身代《しんだい》を築いて引退した株の仲買人を思わせた。一方の細君は厳しい顔つきの女だった。背が高く、見た目が男っぽい。やたらと念入りにセットしたつやのない金髪、大きな鼻、大きな口、日焼けした肌。不器量なうえに近寄りがたい。服はきれいだ。ごく薄い生地で形がよい。それがどうにもちぐはぐなのは、十八の娘ならもっとなじみそうなところ、どうしたって夫人は四十にしか見えないからだった。ミス・グレイによれば、仕立てのよい高級品らしい。夫は月並み、妻は不愛想というのが私の感想だったので、「よかったではないですか。向こうも付き合いを避けるつもりらしいから」と言った。

「でも、何かちょっと素敵なのよね」

「どこがです?」

「二人の愛。あと赤ちゃんに夢中なとこ」

こう言ったのは、一歳にもならない赤ん坊がいたからである。ミス・グレイは、二人が結婚して間がないと判断した。「子供と一緒のところがいいの」と言う。毎朝、子守が乳母車で外に連れ出すのだが、ただその前に十五分ほど、父と母がそれこそ夢中になって歩かせてみようとする。数メートルの間隔を置いて立ち、子供に頑張ってよちよち歩きをさせ、腕に飛び込んでくるたびに、高い高いと持ち上げ、われを忘れたように抱きしめる。それが終わると洒落《しゃれ》た乳母車に乗せ、かがみ込んだまま赤ちゃん言葉で話しかけ、行かせたくないというように、姿が見えなくなるまで見送るのだった。

ミス・グレイは、庭の芝地を行き来する二人の姿をよく目にした。腕をからませ、一緒にいるだけで幸せだから会話はいらないとでもいうのか、黙っている。むっつりとした女が背の高い二枚目の亭主に熱を上げているらしい様子には、こちらの心も温まった。目には見えないほこりをコートから払ってやる情景などは相当な見物《みもの》で、繕《つくろ》いがしたくて、靴下にわざと穴を開けているに違いないと思えてならなかった。それに、どうやら夫のほうでも同じように妻を愛しているらしい。ときどきちらっと目をやる。そうすると妻が顔を見上げて笑顔を見せるので、その頰を軽く突っつく。もう若くはない二人なだけに、その相思相愛ぶりが何ともいじらしかった。

なぜミス・グレイは結婚しなかったのか。私にはわからなかった。ランドンも言うように、チャンスなど山ほどあっただろう。クレイグ夫妻の話を聞かされたとき疑問に思ったものだ。あんな幸せに満ちた結婚生活を目にしながら、少しも胸がうずかないものなのか。この世にまったき幸せなどそうあるものではないが、あの二人はそんな幸せを享受しているらしかった。きっと、ミス・グレイが夫妻に不思議なほど入れ込んでいたのも、独身を貫くことで何かを失ってしまったのだという思いが心のどこかにあったからなのだろう。

ミス・グレイは両人の名前を知らなかったので、エドウィン、アンジェリーナと名づけ、そしてある物語を作った。前に聞かせてもらったことがある。茶化したらすげなくされた。たしか、こんな話である……。

二人が恋に落ちたのは、はるか昔。二十年ほど前のことだろうか。当時のアンジェリーナはまだ若き乙女で、十代のみずみずしさがあった。一方のエドウィンは、これから人生の旅に出ようという気丈な青年である。しかし、若者の恋を喜ぶとされる神々も、現実的なことにはかまってくれない。だからどちらも一文なしだった。結婚などできるはずもない。ただ、二人には勇気と希望と自信があった。そこでエドウィンは考えた。南アメリカかマラヤ、とにかくどこでもいいから出かけ、金持ちになって戻り、辛抱強く待ってくれていた彼女と結婚する。おそらくかかって二、三年、長くても五年だろう。それが何だ。まだ二十歳《はたち》、人生は長い。もちろん、それまでアンジェリーナは独り身の母親と暮らせばよい。

ところが、である。思ったようにことは進まなかった。一財産を作るのが予想以上に難しかったのだ。それればかりか、露命《ろめい》をつなぐ金さえろくに稼げない。苦労できたのも、アンジェリーナの愛情と心優しい手紙があればこそだった。五年が経《た》った。しかし、暮らし向きは当初とさして変わらない。アンジェリーナなら喜んで貧乏をともにしてくれよう。だが、彼女の母親を一人にというわけにもいくまい。気の毒に、寝たきりなのだ。二人には耐え忍ぶしか道はなかった。こうして歳月はゆるゆると進み、エドウィンの髪には白いものが交じり、アンジェリーナの顔はやつれ、険しくなる。つらいのは彼女のほうだった。何せ待つしかない。残酷な鏡には、かつての魅力を一つまた一つと失っていく自分が映る。そして、やがて気がつくのだ。小馬鹿にした笑い声を上げ、くるんとターンしながら姿を消した若さが、二度とは戻ってこないということに。小うるさい病人の世話が長かったせいで持ち前の愛嬌は失われ、小さな町の付き合いで心も狭くなった。友人らは結婚し、子供を産んでいる。それなのに、自分は義務に縛られた囚人のままだった。

エドウィンはまだ私を愛しているのか。いったい戻ってくるのか。幾度も絶望に襲われた。十年が経過。十五年、二十年。そしてついにエドウィンから手紙が届く。用が済んだ。二人が楽に暮らせるだけの金もある。もしまだ結婚してくれるなら、すぐに帰るという。ここで慈悲深き神があいだに入り、お荷物となっていた母親がタイミングよく他界する。だが、あまりにも長い別離ののちに再会したエドウィンを見て、アンジェリーナは驚愕した。昔と変わらぬ若さではないか。なるほど髪は白くなったものの、それがまた様《さま》になっている。もともと二枚目ではあったが、人生の最盛期を迎え、磨きがかかっていた。自分が老いぼれに思えた。おのれの狭量《きょうりょう》、野暮ったさが身にしみる。それにひきかえ、長年の外国暮らしでゆとりの出た彼は快活さも往時のまま。なのに自分は打ちひしがれ、辛い人生に心が拗《ねじ》くれてしまっている。この溌《はつ》剌《らつ》とした男を二十年前の約束で縛りつけることなどできやしない。別れ話を持ちかけた。すると、彼は死人のごとく真っ青になった。

「もう僕のことが好きじゃないのか?」と、悲痛な叫び声を上げる。

すぐにアンジェリーナは悟った。ああ、うれしい、ああ、よかった! この人にとって、私は昔とまったく変わってないんだわ。エドウィンが思い浮かべる彼女はいつもこの姿だった。娘時代の肖像が心に焼きつけられていたとでも言えようか。だから彼にとって、いま目の前に立つ生身の女は、十八のままだったのである。

かくして、二人はめでたく結ばれることとなる。

「そんな話、信じろと言われても無理ですよ」ミス・グレイの物語が幸せな結末を迎えたところで私は言った。

「信じてちょうだい。間違いないんだから。よぼよぼになるまで二人は幸せに暮らすの。絶対に絶対」そう言ったそばから、なんだかずいぶん穿《うが》った意見を加える。「二人の愛は幻想の上に築かれたものなんでしょ、たぶん。でも、それが彼らには現実に見えるんだから、いいんじゃない？」

ミス・グレイ作の素朴な恋物語を読者にお聞かせしているあいだ、ミス・グレイ、ランドン、私の三人は、クレイグ夫妻の到着を待っていた。

「隣に住む人って必ず遅れますわね。ご存じでした？」ミス・グレイがランドンに問いかけた。

「いいえ」つんとした答えが返る。「時間には正確な人間でしてね。みなさんにもそう願いたいですな」

「カクテルがあるんですけど。お勧めしても無駄かしら？」

「ご勘弁を願います」

「でしたらワインはいかが？　上物だそうですから」

ランドンはボトルを受け取り、ラベルを読んだ。かすかな笑みが薄い唇に浮かぶ。

「こういうのを洗練された飲み物というんです。お許しを願って、勝手にやらせてもらいましょう。どうも女性はワインの注《つ》ぎ方を知らない。女は腰、ボトルは首、ですよ」

ランドンが満足しきった様子で年代物のワインをすする前で、ミス・グレイが窓の外にちらっと目をやった。

「あら。だからクレイグさんたち来なかったのね。赤ちゃんが戻ってくるのを待ってたみたい」

視線を追うと、乳母車を押して帰る子守が家の前を通り過ぎたところだった。クレイグが乳母車から赤ん坊を下ろし、高々と持ち上げた。赤ん坊は、相手の口ひげをつかもうとしながら、きゃっきゃ、きゃっきゃ、と喜んでいる。そばで見守るクレイグ夫人の顔に笑みが浮かび、きつい面立ちが好ましくさえなった。窓が開いているので、夫人の声が聞こえる。

「行きましょう、あなた。遅くなったわ」

クレイグは赤ん坊を乳母車に戻した。夫妻が玄関でベルを鳴らす。メイドの案内で入ってきた。握手を交わしたミス・グレイは、そばに立つ私を引き合わせてから、ランドンのほうを向いて言った。

「それから、こちらがエドワード・ランドン氏。クレイグご夫妻です」

片手を差し出して近づくかと思いきや、ランドンはちっとも動かない。片眼鏡を目に当てて、新来の客をじっと見ている。幾度となく法廷で絶大なる効果を発揮していた、あの片眼鏡ではないか。

「おいおい、失礼なやつだなあ」と私は思った。

眼鏡がはらりと落ちる。

「ごきげんよう」ランドンは言った。「たしか、前にお会いしたことが?」

こんな質問が出たので、私はクレイグ夫妻を見た。守り合おうとでもいうのか、身を寄せ合っている。返事はない。夫人は恐怖のどん底に突き落とされたような顔をしている。銅色《あかがねいろ》をした夫の顔は赤黒く染まり、いまにも両目が飛び出しそうになった。ただ、それもわずか一瞬のことである。

「それはないと思います」クレイグが豊かな低い声で答えた。「もちろん、ランドン様のお噂はかねがね」

「世間は広いようで狭い」ランドンの返答はこれだけだった。

シェーカーを振っていたミス・グレイが、客にカクテルを振る舞った。何も気づいている様子はない。私には、ちっとも意味がわからなかった。いや、そもそも意味などないのだろう。あっという間の出来事（と言えるのかどうか）だったのだ。二人が著名人を紹介されて少し戸惑った。そこをこちらが変に勘ぐったという気がしなくもない。早速、私は如才ないところを見せて、「リヴィエラはどうですか？」「お住まいの居心地はどうですか」と話を振った。そこにミス・グレイも加わり、初対面の相手だとそうなるものだが、当たり障りのないおしゃべりが続いた。夫妻はのんびりと楽しそうに話す。夫人は、二人とも泳ぐのが大好きだと言い、海辺だというのになかなか魚が手に入らないとこぼした。ランドンが会話に参加していないのが気になる。まわりに人がいるのに気づいていないかのように、足下《そっか》を見ていた。

食事の準備ができたと言われ、食堂に入った。わずか五名。小さな丸いテーブル。おのずと全員参加のおしゃべりとなるはずだが、話をしたのはたいていミス・グレイと私だった。ランドンは黙っている。そんなのはよくある。むら気なのだ。こだわることもない。見れば、オムレツを旺盛に食べ、また勧められるとおかわりしていた。

クレイグ夫妻は少し気後れしているようだった。無理もない。ただ、次の一品《ひとしな》が出されると、もっと肩の力を抜いて話すようになった。私にはたいして楽しい人物とは思えなかった。どうやら興味の範囲は、赤ん坊、気まぐれな二人のイタリア人メイド、モンテカルロでたまにするギャンブルなど、あまり広くはないらしい。ミス・グレイは交際相手を誤ったとしか思えない……などと考えていたとき、それは起きた。クレイグがいきなり立ち上がったかと思うと、頭から床にぶっ倒れたのだ。全員、飛び上がった。すぐに夫人がかがみ込み、夫の頭を抱えた。

「大丈夫よ、ジョージ」苦しそうに叫ぶ。「大丈夫だから！」

「頭を動かさないほうがいい」私は言った。「気を失っただけです」

脈を取ってみたが、触れるものがない。失神とは言ったものの、卒中でないとは言いきれなかった。いつ卒中を起こしてもおかしくない大柄な多血症タイプなのだ。ミス・グレイがナプキンを水で濡らし、額を拭《ふ》いた。夫人は頭が混乱しているらしい。ふと見ると、ランドンは静かに座っている。

「失神ならまわりが騒いでもしょうがない」棘《とげ》のある言い方だった。

夫人がランドンにさっと顔を向け、憎しみに満ちた表情を見せた。

「医者を呼びますわ」ミス・グレイが言った。

「いや、それにはおよびません」私は言った。「すぐ意識を戻しますよ」

脈がだんだんと回復してくるのがわかった。一、二分経って、クレイグは目を開けた。事情を知るとはっとして、無理に立ち上がろうとした。

「いや、そのまま」私は言った。「もう少し横になっていてください」

ブランデーを飲ませると、血色が戻った。

「もう大丈夫です」クレイグは言った。

「隣の部屋にお連れしますから、しばらくソファで休まれるといいでしょう」

「いえ、そろそろお暇《いとま》を。すぐそこですから」

そう言って、起き上がる。

「そうね、失礼しましょう」夫人が言った。ミス・グレイのほうを向いて、「本当に申し訳ありません。こんなこと初めてです」

帰ると決めたらしい。私もそのほうがいいだろうと思った。

「ベッドに寝かせて、安静に。明日《あした》になればぴんぴんしてますよ」

夫人が夫の腕を取り、私が反対側を持った。ミス・グレイが玄関のドアを開ける。

まだ少しよろよろするが、歩けるようだ。夫妻の家に着いたところで、着替えを手伝いましょうと言ってみたが、二人とも聞き入れてはくれなかった。ミス・グレイの家に戻ってみれば、デザートの最中である。

「なんで失神なんか」ミス・グレイの言葉が耳に入った。「窓はみんな開《あ》いてますし、今日だってとくに暑いというわけではありませんでしょ」

「なぜでしょうな」ランドンは言った。

長くて青白い顔が悦に入《い》ったような表情になっている。三人でコーヒーを飲み、それから、ゴルフの予定がある私とランドンは車に乗り込み、わが家まで丘を上っていった。

「ミス・グレイはあんな輩《やから》とどうして知り合いに？」ランドンが訊いてきた。「二流どころじゃないですか。あの方が目をつけるほどだとは思えなかった」

「そこが女性です。静かに暮らすのが好きな人なので、隣に夫妻がやってきたとき、関わりにはなるまいと思った。ところが、向こうも関わりたくないと思っているのがわかった。そうなったら、近づきになるまで一直線です」

隣人を主人公にした例のおとぎ話を聞かせてやった。無表情のまま聞いている。

「こう言ってはあれですが、あなたのお友達も情にもろいお馬鹿さんですな」終わりまで聞いて、ランドンは言った。「だから、女は結婚しなくちゃいけない。ちびが五、六人もいれば、そんな戯言《たわごと》を考えている暇もありませんからな」

「あの夫妻のことで何かご存じなんですか？」

冷たい視線が一瞬だけ返ってきた。

「私が？　いったい何を知っていると？　つまらん連中だった」

このとき受けた強烈な印象をどう表現したものだろう。冷徹な表情と有無を言わさぬ苛立《いらだ》たしい口調。もう何も言うつもりはないらしい。車が着くまで、おたがいにむっつりしたままだった。

ランドンは六十をだいぶ過ぎている。ゴルファーとしては、ロングショットは打たないが真っ直ぐは飛ぶというタイプで、パターははずさない。そういうわけで、何打かハンデはもらったが、見事に負けた。夕食のあとでモンテカルロに連れていくと、ランドンがルーレットで二、三千フランを儲け、その夜は終わりとなった。勝ちが続き上機嫌である。

「じつに愉快な一日でしたなあ」就寝前の別れぎわに言われた。「十二分に楽しませてもらいましたよ」

翌日は午前中を仕事に当てたので、ランドンと顔を合わせたのは昼食時となった。食事がちょうど終わるというとき、電話に呼ばれた。

戻ると、ランドンはおかわりのコーヒーを飲んでいた。

「ミス・グレイでした」

「ほほう。で、用件は？」

「クレイグ夫妻が逐電《ちくでん》しました。夜逃げです。今朝、村に住むメイドたちが行ってみたら、もぬけの殻だったとか。そろって姿を消してしまいましたよ。夫妻も子守も赤ん坊も。荷物まとめて。テーブルにはメイドの給金が置いてあったそうです。あと、家賃の残りと店の払いも」

返事はない。葉巻箱から一本取り出し、細かくチェックしたかと思うと、おもむろに火を点《つ》けた。

「何かおっしゃるべきことがあるのではありませんか？」と、私。

「おやおや、君。わざわざそんな持って回った言い方をして。普通の言い方をしたらどうです」

「持って回った言い方？　言いたいことを言ったまでです。クレイグ夫妻と面識があったのは承知しています。見損なわないでください。連中がふっつりと姿を消してしまった。まるでこの世に存在しないかのようにね。となると当然、出会いがそう愉快なものではなかったと考えるでしょう」

ランドンが、くっ、と笑った。冷やかな青い目が生き生きとする。

「昨夜《ゆうべ》いただいたブランデーはずいぶん上等でしたな。昼食のあとというのは主義に反するが、主義に縛られるのもつまらない。ここは一つ、いただくとしましょう」

私はブランデーを言いつけた。なみなみと注ぐランドンを私はじっと観察した。喜色満面で一口すする。

「ウィングフォード殺人事件はご記憶で？」

「いいえ」

「イギリスにおられなかったんでしょう。残念ですな。ぜひ傍聴に来ていただきたかった。楽しめましたよ。話題騒然、新聞も書き立てていた。

ミス・ウィングフォードという独り身の資産家がいましてね、年配の。住み込みの話し相手《コンパニオン》とかいうのと田舎暮らしをしていた。そのご婦人がですよ、年齢のわりには元気だったのに急逝ときた。これには友人一同びっくりです。ブランドンという掛かりつけの医師が死亡証明書に署名したのち、遺体はしかるべく埋葬された。それからが遺言書の公開。どうやら、六万ポンドから七万ポンドの全資産が例の話し相手に残されたものらしい。相続権者にしたら、さぞ不愉快だったでしょうな。まあ、こればかりは仕方がない。顧問弁護士が遺言書を作成し、証人に、その助手と件《くだん》の医師が署名していたのですから。

ところが、ところが。ミス・ウィングフォードには三十年来のメイドがいて、当然、遺産が与えられると思っていた。配慮しておくからという約束だったんですな。なのに、遺言には名前すら出てこない。それはかっともなる。甥と二人の姪が葬儀にやってきたところをこう訴えた。奥様は毒殺されたに決まってます。警察にいらっしゃらないのなら、私が行きます、とね。まあ、三人は行かず、代わりにブランドン医師のところに出向いた。ところが、一笑に付された。こう言われたそうです。婦人は心臓が弱く、いつも自分が治療に当たっていました。予期していたとおりでしたが、睡眠中、静かに息を引き取られましたよ。メイドの話など信じてはいけません。メイドはいつも憎らしく思っていたんですな、ミス・スターリングとかいう話し相手のことを。

いわゆる嫉妬だ。一方、医師の評判は高い。長いこと主治医として診察していた。二人の姪も、しばしば泊まりにきていたので、医師のことはよく知っていた。遺言で医師が利益を得るわけでもなければ、話を疑う理由もない。そういうわけで、家族は、できるだけのことをして、そのままロンドンに帰っていった。

しかし、です。とにかくメイドがしゃべる。あまりにしゃべるものだから、しまいには警察も耳を貸すしかなくなった。そこで、遺体の発掘命令が出された。それから検死となり、ベロナールの過剰摂取が死因と判明。投与したのは話し相手のミス・スターリングと検死陪審が評決し、彼女は逮捕された。その後、捜査員が一名、ロンドン警視庁《スコットランドヤード》から派遣され、意外な証拠を集めた。ミス・スターリングとブランドンにはいろいろ噂があったものらしい。よく一緒のところを目撃されていた。しかも、それが示し合わせたとしか思えないような場所だった。二人はミス・ウィングフォードの死を待って結婚しようとしているのではないか。村民はだいたいそんなふうに考えた。となると、だいぶ事件の様相が変わってくる。早い話、十分に証拠はそろったのだから医者を逮捕し、ミス・スターリングと合わせて婦人の殺害で起訴すべし、と警察は考えたわけです」

ランドンがブランデーをもう一口する。

「この審理が私に回ってきた。検察の見解によると、双方への情熱に目がくらんだ被告人の両名が、気の毒な婦人を死に至らしめたということらしい。ミス・スターリングが甘言を弄して財産を手に入れてから結婚するためですな。就寝時にココアを一杯飲むのが婦人の習慣で、これを作っていたのがミス・スターリングだった。女がその中に死亡原因となった錠剤を溶かし込んだのではないか。これが検察官の主張です。一方、被告人の両人がみずから証言台に立つ。これが情けなかった。嘘八百でね。複数の証人が、夜、腰に手を回して歩いているのを目撃したと供述しようが、ブランドンのメイドが、先生のご自宅で二人はキスしていましたと言おうが、どちらも、友人以上の関係ではないと主張するんですから。しかも、ここが奇妙なところだ。医師の診断の結果、ミス・スターリングは、いわゆる完全な処女というやつだったんですよ。不眠を訴えるミス・ウィングフォードにベロナール錠が入った瓶を渡したこと。これはブランドンも認めている。もっとも、注意はしたらしい。飲むのは一錠、どうしてもというときだけ、と。被告側も躍起になって、婦人が全錠剤を飲んだのは、過失あるいは自殺の意図から、と証明しようとしたのだが、説得力がない。ミス・ウィングフォードというのは、どこにも異常などない元気なご婦人で、人生を存分に謳歌していた。しかも、亡くなったのは旧友が一週間の滞在予定でやってくる二日前のことだった。それに、眠れないとメイドにこぼしたこともない。それどころか、メイドは日頃から、よく寝る人だなと思っていたという。婦人がうっかり錠剤を飲みすぎ、結果的に命を落としたとはとうてい考えられないわけだ。私個人は、断然、医師と話し相手の計画だと思った。動機は明白かつ十分なのだから。事件の概要を述べましたよ。公正に述べたつもりです。とにかく、陪審に事実を提示するのが自分の役目であり、その事実が被告に不利だと私には思えた。陪審員たちが次々と退廷していく。おわかりにはなりますまい。裁判官席に座っていると、どういうわけか法廷の雰囲気がわかる。大事なのは、それに呑まれないようにすること。何より影響を受けないこと。あの日ほど、法廷にいる全員が同じ気持ちでいるのを強く感じたことはなかった。目の前の二人が殺人の罪を犯したのだ、というね。私自身、陪審の評決が有罪であることに絶対の自信があった。陪審というのはしかし予測がつかない。退出して三時間後、戻ってきた瞬間、自分の間違いに気づいた。殺人事件の場合、陪審がこれから有罪の評決を下すというとき、被告人の顔を見ようとはしない。目を背ける。ところが、陪審員の三、四人が被告席の二人をちらちら見ていたんですな。結局、無罪、となった。夫妻の本名はクレイグではない。ブランドンです。いまだって確信は揺るぎません。あの二人が共謀して残酷非道な殺人を犯した、極刑がふさわしい、とね」

「どうして陪審は無罪にしたのでしょう？」

「その点はずっと考えてきました。理由はただ一つ。わかりますかな？　例の証拠が決め手になった。二人が深い仲になかった、というね。考えてみれば、事件全体でこれが最大級の謎ですからなあ。あの女は、愛する男を手に入れるためなら殺人も辞さなかった。なのに、道ならぬ関係は持てなかった」

「人間というのは、いかにも不可解なものですねえ」

「いかにも」ランドンはそう言うと、もう一杯ブランデーを注いだ。

雨

そろそろ寝る時間だ。朝になって目が覚めたら、陸が見えているだろう。マクフェイル医師はパイプに火をつけると、手すりにもたれて空を見上げ、南十字星を探した。戦場に行き前線には二年、傷の治癒にも必要以上の時間がかかっただけに、とりあえず一年を南の島にあるアピアでのんびりできるのがうれしかった。旅のおかげですでに調子もよい。明日は一部の乗客が途中のパゴパゴで下船するらしく、夕方にささやかなダンスパーティが開かれた。自動ピアノの金属音がまだ耳の奥で響いている。だが、デッキもようやく静かになった。少し離れたところに妻の姿が見えた。デッキチェアに寝そべり、デイヴィッドソン夫妻と話をしている。マクフェイル医師は、ぶらぶらと近づいていった。灯りの下で腰を下ろし、帽子を脱ぐ。真っ赤な髪が現れた。てっぺんは丸く禿《は》げ、いかにも赤毛らしく、地肌はそばかすだらけで赤い。年齢は四十歳、体は痩せこけ、顔はやつれ、堅苦しく、いささか学識を衒《てら》う男である。スコットランド訛《なま》りを交え、いやに低い静かな声で話をした。

マクフェイル夫妻と宣教師であるデイヴィッドソン夫妻が親しくなれたのは、共通の趣味があったからではない。同船の誼《よしみ》からである。昼夜たがわず喫煙室でポーカーやブリッジに興じたり、酒を飲んだくれたりしている連中への反感が両者を強く結びつけていた。この船でデイヴィッドソン夫妻の交誼《こうぎ》を受けるのが自分と夫しかいないと思えば、マクフェイル夫人も悪い気はしない。夫のほうも人見知りではあるがなかなか抜け目がないので、半ば無意識にありがたく思った。ただ、あいにくと理屈っぽい質《たち》なので、夜更けて船室に戻ると、つい他人のあら探しをしてしまう。

「奥様がおっしゃってたわよ。お宅さまのおかげで旅も無事に済みましたって」ヘアピースを丁寧にブラッシングしながら、マクフェイル夫人が言った。「近づきになれる人がほかにいなかったそうなの」

「お高くとまって、宣教師も偉くなったものだ」

「お高いわけじゃないわ。奥様のお心ならよくわかる。ご夫妻にしてみたら、おいやだったでしょうから。喫煙室のあいうがさつな人たちと付き合うのは」

「キリスト教のご開祖はそんな選り好みはされなかった」くくっと笑う。

「宗教の悪口はやめてって何度も言ってるでしょ」夫人がやり返す。「その性格って何なのかしらね、アレック。人の美質を見ない」

マクフェイル医師は、薄青い目でちらっと流し目をくれるだけで、返事はしなかった。長年の結婚生活で、余計な口応えはしないに限ると学んでいたのだ。先に服を脱ぎ、上の段にもぐり込む。それからおとなしく本を読むうちに眠ってしまった。

翌朝、デッキに出ると、陸地は目の前だった。物欲しげな目で眺める。細長く伸びる銀色の浜辺。すぐ奥が盛り上がって丘陵を成し、頂《いただき》まで鬱蒼《うっそう》とした樹木が覆う。青々と群生するココナツの木が水際あたりまで迫っている。その中に、草葉で作ったサモア人の住居小屋が見えた。きらきらと白く輝くのは教会である。デイヴィッドソン夫人がやってきて、横に立った。黒ずくめで、首から掛けた金のネックレスの先に小さな十字架がぶら下がっている。小柄だ。つやのない茶色の髪を器用にまとめてある。青い目が飛び出し、やけに小さい鼻眼鏡を掛けていた。顔が長いのは羊そっくりでも、愚鈍の印象はない。むしろ大変に機敏の感がある。動作が忙《せわ》しないところは鳥を思わせた。だが最大の特徴は声である。きんきん甲高く、抑揚がない。ひどく単調に響くものだから、いらいらと神経に障る。いやでもやまぬドリルの轟音を思わせた。

「お宅のほうもこんな感じなのでしょうね」マクフェイル医師が独特のぎこちない作

り笑顔を見せる。

「私たちのほうの島は、こちらと違って低い島ですから。珊瑚《さんご》でできていて。このあたりは火山島。私たちの島まではあと十日かかります」

「このあたりの感覚だと、それもほとんど隣町です」マクフェイル医師は冗談めかす。

「あら、ずいぶん大げさな言い方ですこと。でも、南洋ではたしかに距離感が違いますから、その意味ではおっしゃるとおり」

マクフェイル医師はそっとため息をついた。

「ここが派遣先でなくて何より」夫人の話は続く。「ずいぶん仕事のしにくい場所だとか。船の出入《ではい》りで人の心は落ち着かないし、しかも軍港ですからね。現地人には面白くないでしょう。私たちの地区では、そういう面倒がありません。もちろん商売人はいます。でも、振る舞いには目を光らせてますから。いざとなったら居づらくさせる。さっさと出ていきますわ」

眼鏡のずれを直しながら、緑の島を冷たい目で見つめている。

「ここでは宣教師の活動も絶望に等しいでしょう。こちらに遣《や》られなかっただけでも、神に十分な感謝をしませんと」

デイヴィッドソンの担当はサモアの北方にある群島だった。島と島が遠く離れているため、長距離を始終カヌーで渡らねばならない。そういうときは、夫人が本島に残り采配を振る。その見事な指揮ぶりを想像し、マクフェイル医師は気の滅入《めい》る思いがした。夫人は、恐怖を抑えられないという声で現地人の堕落について語る。ただ、いかにも上辺《うわべ》だけの怖がり方だった。慎み深さに対する考えが独特なのだ。知り合ってまもなく、こんなことがあった。

「じつを申しますと、島に着いたばかりのとき、婚姻の慣習というのがそれはもうふしだらだったのです。説明などできません。でも、あとで奥様にお話ししておきますから、直接うかがってください」

それから二時間ばかり、デッキチェアをくっつけて奥方同士で熱心に話をしていた。運動のためにそばを行き来していると、遠くから聞こえてくる山の激流のように、興奮した夫人のささやき声が聞こえてきた。妻はぽかんと口を開け、顔を真っ青にしながら、驚くべき話を満喫の様子である。夜になって船室に戻ると、息を殺すようにして語る妻から、そっくりそのまま話を聞かせてもらった。

「ほら、言ったとおりでしたでしょ？」翌朝、デイヴィッドソン夫人が声を張り上げた。有頂天である。「こんな恐ろしい話、聞いたことありまして？　教えられなかったのも無理はありません。お宅がお医者さんでも」

夫人が顔をじろじろと見てくる。望みどおりの効き目があったか知りたくてたまらないのだ。

「わかりますかしら、初めて着いたとき、どれだけ私たちが落ち込んだか。嘘だと思われるかもしれませんけど、どの村に行ってもよい娘《こ》なんか一人も見当たらなかったんですよ」

夫人は「よい」という言葉を厳密に専門的な意味――「神の教えに従う」といった意味――で使う。

「夫と何度も話をして、まずは踊りをやめさせることにしました。現地人が夢中でしたから」

「若い頃でしたら、私も嫌いでは」

「そんなことかと。昨夜《ゆうべ》、奥様を誘ってらしたでしょ。男性が奥方と踊るぶんにはなんら差し支えないと思いますけど、奥様が拒否なさってほっとしましたわ。こういう状況ですから、ほかの方たちとは関わりにならないほうがよろしいかと思ってました」

「こういう状況？」

夫人は鼻眼鏡でちらっと見るだけで答えなかった。

「でも、白人同士はまだよろしいんです」夫人が続ける。「ただ、主人の言うように、夫側の気持ちというものがわかりません。自分の妻がほかの男性に抱かれて踊っているのに、黙って見ていられるんですもの。私自身は、結婚してから一度だって踊ったことありませんわ。でも現地人の場合は話がまったく別。踊り自体が道徳に反するのはもちろんですけど、それをきっかけに必ず身を持ち崩すんですからね。とにかく、神に感謝しませんと。根絶できましたから。うちの地域ではこの八年、踊る人間は一人もおりません」

そうこうするうちに船が港の入口に着き、マクフェイル夫人もやってきた。船が急旋回し、港内を進む。大きな入江だ。艦隊も停泊できよう。取り囲む緑の丘陵が高く険しい。港口《こうこう》のそばに、海から吹く微風を受け、庭に囲まれた総督の家が建っていた。旗竿の星条旗がだらりとしている。二、三軒の小ぎれいなバンガロー、テニスコートを過ぎ、ようやく倉庫の並ぶ埠頭に着いた。デイヴィッドソン夫人が、舷側《げんそく》から二、三百メートル沖に投錨している、一行が乗船予定のアピア行きの帆船を指差す。現地人たちが興味津々の様子でわいわいがやがや各所から集まっていた。野次馬がいる一方、シドニーに向かう旅客との物々交換が目的の連中がいる。パイナップル、大きな房のバナナ、タパ布、貝殻や鮫《さめ》の歯でできた首飾り、カワカワ酒の入った鉢、戦闘カヌーの模型を持参していた。そんな中を、きれいにひげを剃《そ》り、身なりのさっぱりしたアメリカ人の船員たちが朗らかな顔でぶらついている。役人たちの小さなグループもあった。マクフェイル夫妻とデイヴィッドソン夫人は、自分たちの荷物が降ろされているあいだ、そんな景色を眺めていた。マクフェイル医師はイチゴ腫を注視している。この熱帯地方に特有の皮膚病を子供と少年の大半が患っているらしく、爛《ただ》れた感じが進行の遅い潰瘍《かいよう》に似ていた。さらに、象皮病の患者たちを初めて見たときには、専門家としての目がきらりと光った。腕が肥大した男もいれば、変形すさまじい脚を引きずる男もいる。男も女もラバラバという腰布を巻いていた。

「なんて下品な」デイヴィッドソン夫人が言った。「主人の言うように、法律で禁止すべきですわ。腰に赤い布を一枚巻きつけただけでは、道徳も何もあったものではありませんもの」

「この気候にはもってこいですからね」医師が額の汗を拭《ぬぐ》う。

いざ上陸してみると、まだ朝も早いのに、たまらない暑さだった。山に囲まれることのパゴパゴには風がまるで吹き込まない。

「私たちの島では」デイヴィッドソン夫人が例の甲高い声で続けた。「腰布は一掃したも同然なんですよ。まだ巻いているお年寄りがいますけど、それくらいかしら。全員、女性はワンピース、男性はズボンとランニングシャツ。滞在を始めてまもない頃、夫が報告書で書いてました。十歳を超える少年たちが等しくズボンを着用するまでは、全島民を完全なキリスト教徒にすることはできない」

そう言いながら夫人は、港口の上空を漂う重たげな灰色の雲を小鳥のような仕草でちらちら見ていた。ぽつんぽつんと雨粒が落ちてきた。

「避難しましょう」夫人は言った。

ほかの人々とともに波形のトタンでできた大きな納屋に移動する。雨がざあっと降ってきた。しばらく雨宿りしていると、デイヴィッドソンがやってきた。船上ではマクフェイル夫妻にそれなりの気遣いを見せていたが、夫人の持つ社交性には欠け、大半の時間は本を読んで過ごしていた。かなり気難しい無口な男で、愛想よくするのは、キリスト教徒としてみずからに課した義務という感じだった。よそよそしいのは生まれつきであり、陰気とさえ言える。外見がすごい。並はずれた長身瘦軀《ちょうしんそうく》、だらりとした長い手足。頰はこけ、頰骨がやけに高い。死人じみているだけに、唇がいやにふっくらと艶《なま》めかしいのにどきりとさせられる。伸ばし放題の髪、深く落ちくぼんだ悲しげで大きな黒い目。指が太くて長い手は形が美しく、力強さを感じさせる。だが何よりも印象的なのは、炎を無理に抑えているという雰囲気だった。鬼気迫るものがあり、どうも人を不安な気持ちにさせる。とてもではないが親しくなれる相手ではない。

デイヴィッドソンは残念な知らせを持ってきていた。島で麻疹《はしか》が流行《はや》っているというのである。カナカ族にしたら死にかねない深刻な病だった。一行が乗る予定の帆船で乗組員一名が発症していた。船を降ろされ、検疫所内に入院している。アピアからの電信によると、ほかに罹患した船員がないと確認されるまでは船の入港は禁止ということだった。

「つまり、最低でも十日、ここにいなくてはならないわけです」

「ですが、アピアに一刻も早くと頼まれてまして」マクフェイル医師が言う。

「仕方ありません。船にこれ以上の患者が出なければ出帆の許可も下りるでしょうが、乗れるのは白人だけです。現地人の移動は三カ月禁止とか」

「ここにホテルはありまして？」マクフェイル夫人が訊《き》いた。

デイヴィッドソンがくっと低く笑う。

「いえ」

「じゃあ、どうしましょう」

「総督と話してきました。海岸通りに商家があって、部屋を貸しているそうです。雨が止《や》みしだい行ってみて、それから考えるというのはどうでしょう。不自由は覚悟してください。雨がしのげて寝床があるだけでも感謝していただかないと」

だが、雨の止む気配はない。仕方がないので傘とレインコートで出発した。町という感じはなかった。役所の建物が固まっているほかは商店が一、二軒で、あとは裏通りに、ココナツとバナナの木に囲まれるようにして現地人の住居が数軒あるばかりである。目指す家は埠頭から歩いて五分の場所にあった。木造の二階家で、各階にベランダがある。屋根は波形トタン。家主はホーンという名の白人との混血だった。細君はこの土地の女で、色の浅黒い子供たちがまとわりついている。一階の店舗が缶詰や綿織物を商う。案内された部屋にはそれぞれ家具らしい家具がなかった。マクフェイル夫妻のほうにあるのは、ぼろぼろの蚊帳《かや》が付いた使い古しの粗末なベッド。ほかは、がたがたの椅子に洗面台。二人は困った顔で部屋を見回した。ざあざあ降りはまだ止まない。

「とりあえず必要なものだけ出しておくわね」夫人が言った。

旅行鞄を開けていると、デイヴィッドソン夫人が入ってきた。じつにてきぱきとしている。気が滅入る環境もおかまいなしだ。

「ご忠告。早く針と糸を出して蚊帳を繕《つくろ》うこと。今晩、一睡もできませんわよ」

「そんなに蚊はひどいですか？」医師が尋ねる。

「季節ですから。パーティでアピアの総督官邸に行けばわかります。ご婦人方全員に枕カバーが渡されるのは、それで下半──下のほうを覆うためなんですから」

「ちょっとでも雨が止んでくれたらいいのですけど」マクフェイル夫人が言った。

「陽が出てくれれば、もっと気を入れて居心地よくしますのに」

「あら、そんなの待ってたら、いつまで経《た》っても無理。ここパゴパゴは太平洋で降水量が一番と言ってもいいんですから。だって、あの山と入江のせいで水が集まりますでしょ。とにかく一年のこの時期と言えば雨」

デイヴィッドソン夫人は、マクフェイル医師からその妻へと目をやった。離れ離れにただ突っ立っている。まるで地獄に落ちた魂のようではないか。夫人は唇をきっと結んだ。自分が面倒を見てやらないとだめだと思ったのだ。こういう意気地のない人間にはいらいらさせられたが、自分なりのやり方で万事を済ませたくて腕がむずむずした。

「よろしいかしら。針と糸を貸してくださいな。お宅の蚊帳を直しますから。その間に荷を解《ほど》いたらいかが。お食事は一時。先生は埠頭に行って、大きな荷物が濡れない場所にあるか確認してきたらどうでしょう。土地の人間が人間ですから、平気でずぶ濡れにさせかねません」

マクフェイル医師はまたレインコートを着て、下に降りた。玄関で家主のホーンが話をしている。相手は、乗ってきた船の操舵手、それから、船上で何度か見かけた二等の船客だった。船員は、やけに汚らしい萎《しな》びた小男で、通りすがりに軽く挨拶をしてきた。

「この麻疹《はしか》も大変ですわな、先生。宿のほうはお決まりのようで」

ずいぶんなれなれしいとは思ったが、臆病な人間なので、すぐにはかっとならない。

「ええ、二階に部屋を」

「こちらのトンプソンさんもアピアに渡るって言うんで、それでお連れを」

男は傍らの女にぐいと親指を向けた。年は二十七あたりか。むっちりとして、みだらな感じの美しさがある。白いワンピースに、白い大きな帽子。白い綿のストッキングを穿《は》いた太いふくらはぎが、白いキッド革のブーツの上からはみ出している。女は医師に媚《こ》びた笑みを投げかけた。

「この人、一日一ドル半なんてふっかけるの。あんなちゃちな部屋に」しわがれ声だ。

「なあ、ジョー。おれの友達ってことでさあ」船員が言う。「一ドルまでしか出せないんだし、それで泊めてやってよ」

物腰柔らかな小太りの家主は静かに笑っている。

「まあ、スワンさんがそうおっしゃるなら、考えてみましょう。妻と話して、値引きできそうならしますので」

「そんなごまかそうとしたってだめ。ここで決めちゃいましょうよ。一日一ドル。それ以上はびた一文なし」

マクフェイル医師は苦笑した。女の大胆な交渉に感心したのだ。自分だったら言われた額を必ず払ってしまう。値切るくらいなら余分に払うほうがいい。家主がため息をついた。

「では、スワンさんの顔を立てて、そういうことに」

「そうこなくちゃ。ちょっと入って、一杯やってってよ。本物のいいウイスキーがあるから。スワンさん、その鞄を取ってちょうだい。先生もどうぞ」

「いや、申し訳ありませんが、やめときましょう。荷物が無事か見に行きますので」

雨の中を外へ出た。入江の先から篠突《しのつ》く雨が吹き込み、対岸がすっかり霞《かす》んでいる。途中で二、三人の現地人とすれ違った。身につけているのは腰布だけで、特大の傘をさしている。歩き方が美しい。背筋をぴんと伸ばし、悠揚としている。すれ違いざま、にっこり笑い、聞き慣れない言葉で挨拶をされた。

戻ったのはそろそろ食事という頃で、客間に用意がされていた。住居用ではなく、箔をつけるために作られた部屋だった。かび臭く陰鬱《いんうつ》な空気が漂う。壁には、模様が型押しされたベロア地をきれいに巡らしてある。天井からは黄色い蠅取り紙が下がり、中央部からは金メッキのシャンデリアが下がっていた。デイヴィッドソンは来ていない。

「総督のお宅に行ったのでしょう」デイヴィッドソン夫人が言った。「食事も呼ばれてるのではないかしら」

小柄な土地の娘がハンバーグステーキを配り、しばらくして家主のホーンが様子を見にきた。

「ほかにも宿泊されてる方がいるね」マクフェイル医師が言った。

「部屋を貸してるだけでして。食事はご自分でされてます」

そう答えた家主は、女性陣に媚びた目を向けた。

「下に泊めましたので、お邪魔にはなりませんでしょう。ご厄介はかけさせません」

「船に乗ってらした方？」これはマクフェイル夫人。

「さようです。二等でして。アピアに行くとか。出納係の仕事が待ってるそうです」

「へえ」

家主が消えると、マクフェイル医師は言った。

「部屋で食事はきっと寂しいでしょう」

「二等なら、向こうもそのほうがいいのでは」デイヴィッドソン夫人が答える。「どんな人間かよくわかりませんし」

「たまたまですが、会いましたよ。操舵手が連れてきましてね。トンプソンという名前です」

「昨夜《ゆうべ》、その操舵手と踊ってた女《ひと》じゃないかしら？」デイヴィッドソン夫人が疑問を投げかけた。

「その女に違いありません」マクフェイル夫人が応じる。「誰かと思いましたの。ずいぶんいい加減に見えましたけど」

「まるで品がなくて」デイヴィッドソン夫人は言った。

その後もいろいろな話が続き、食後は、早起きで疲れていたことから、それぞれ部屋に戻って睡眠となった。目を覚ますと、空はまだどんよりとしていた。ただ、雨は止んでいるので、アメリカ人が入江沿いに開いた大通りを散歩した。

戻ると、ちょうどデイヴィッドソンが入ってきた。

「下手したらここに二週間かもしれません」腹立たしそうに言う。「総督とずいぶん話してみましたが、手はないそうです」

「主人、早く仕事に戻りたくて仕方がないんです」デイヴィッドソン夫人は不安そうに夫をちらっと見た。

「離れて一年ですから」デイヴィッドソンがベランダを行ったり来たりする。「現地人の宣教師たちにまかせてきたので、きちんとやっているのかどうにも不安で。悪口ではありません。よき人々です。神を畏れ、信心深い。真のキリスト教徒です。彼らの信仰と比べたら、故国の信徒気取りも多くは面目丸つぶれでしょう。ただ、不憫《ふびん》なくらい気概が乏しい。一度は誘惑に抵抗します。二度目も。しかし、これがどうしても続きません。連中に任務をまかせると、どれだけ信頼が置けても、いずれは悪弊に忍び込まれるという結果に終わるのです」

デイヴィッドソンは身じろぎせずに立っていた。背が高く痩せ、青白い顔に大きな目がぎらぎらと光っている。一度見たら忘れられない姿だ。熱い身振りと朗々とした太い声に真剣な思いがこもっている。

「大仕事は覚悟のうえです。即座に手を打ちます。木は腐ったら、切り倒して燃やさなくてはなりません」

その日も夕方になり、最後の食事となったお茶が済むと、窮屈な客間で、夫人たちが縫い物の手を動かし、マクフェイル医師がパイプをくゆらす中、デイヴィッドソンが島での自分の働きについて語った。

「着いてみたら、罪の意識がまったくない連中でした。戒律は次々と破る。まるで気にせず悪をなす。罪の意識を吹き込むのがもっとも苦労した点でしょうか」

夫人と出会うまえの五年間、ソロモン諸島で活動していたということはマクフェイル夫妻もすでに聞いていた。夫人のほうは中国で布教の経験があった。二人が知り合ったのはボストンである。ともに休暇中で、伝道会議に出席していたのだ。結婚と同時にこちらの諸島へと遣わされ、以後ずっと身を粉《こ》にして働いている。

これまでデイヴィッドソンから聞いた話で際立っている点が一つあった。この男の変わらぬ勇気である。医療に携わる宣教師なので、いつ何時《なんどき》どこの島に呼ばれるかわからない。雨季の荒れた太平洋では捕鯨船でもさほど安全ではないのに、カヌーで渡ることがしばしばあった。そんな場合の危険は計り知れない。それでも、病気や事故と聞けばためらうことはなかった。一晩中、必死になって水をかき出したことなら何度もある。夫人が遭難だと諦めたことも一度や二度ではない。

「行かないでと言うときもあります」夫人は言った。「せめて天気がもっと落ち着くまで待ったらとも。でも、聞き入れてくれません。頑固一徹、一度こうと決めたら、てこでも動かない人なので」

「私が恐れたら、土地の者に主を信じよと言えないじゃないか」大声が上がった。「私は恐れなどしない。決して。あの連中は、人間にできることなら、困ったときに呼べば来てくれると思っている。それに、神の務めを果たそうとしているときに、神が私をお見捨てになるだろうか。風が吹くのは神の御旨《みむね》、波が揺れ、たけり狂うのは神の御心《みこころ》」

マクフェイル医師自身は臆病だった。砲弾が塹壕《ざんごう》上空を飛び交うのについぞ慣れることはなかった。前線の救護所で手術中、手の震えを止めようとして、額から汗が吹き出し、眼鏡が曇った。いま目の前の宣教師を見ても、体が少し震える。

「怖いと思ったことなどない、と言いたいところです」と、医師は言った。

「神を信じている、と言っていただきたいところです」と、宣教師はやり返した。

だが、どういうわけなのか、その晩の宣教師の回想は、夫婦で島に着いた頃へと戻っていった。

「妻と顔を見合わせ、涙が頰を伝うこともありました。昼も夜も休むことなく活動し、それでも進展が見えないのです。当時、妻がいなかったら、いったい私はどうなっていたことか。心が沈んだとき、絶望に襲われそうになったとき、勇気と希望を与えてくれたのが妻でした」

夫人は手仕事に目を落としている。肉の薄い頬にかすかな赤みが差す。手が少し震えている。口を開くことなどできそうになかった。

「手を差し伸べてくれる人などいません。同胞から何千キロも離れ、二人きり。周囲は闇です。疲れ、挫《くじ》けると、妻は自分の仕事はわきに置いて、聖書を手に取り、読み聞かせてくれました。やがて、子供のまぶたに眠りが訪れるように、私の心には平穏が訪れる。しばらくして妻は聖書を閉じ、こう言います――誰であろうと二人で救いましょう。それに対し、主への思いに強さを取り戻した私は、こう答えるのでした。そうだ、神のお力を借りて救おう。救わなくてはならない」

デイヴィッドソンはテーブルに近づき、聖書台を前にするように立った。

「よろしいですか。生まれつき堕落している彼らは、自身の悪に目を向けることなどできなかった。だから、彼らが当たり前だと考える行為を罪にするのが私たちの使命となったのです。姦淫、嘘、盗みだけではない。肉体をさらし、踊り、教会から遠ざかること。これも罪としました。若い女性が胸を見せ、男性がズボンを穿かなければ、これも私は罪としました」

「方法は？」マクフェイル医師は唖然とした。

「罰金制の導入です。ある行為が罪だとわからせるには、それをしたら罰する。どう考えても、それしか方法はありません。教会に来なかったら罰金、踊ったら罰金です。料金表を作り、罪ごとに金銭か労働で支払わせるようにしたら、ようやくわかったらしい」

「しかし、支払い拒否はなかったのですか？」

「なんでそんなことが？」宣教師は問い返した。

「主人に楯突《たてつ》こうなんて、そんな大それた」夫人が唇をきゅっと結ぶ。

マクフェイル医師は戸惑いの目でデイヴィッドソンを見た。とんでもない話だ。かといって、非難はしにくい。

「忘れないでください。いざとなれば教会から追放もできたのです」

「そんなことされても気にしなかったのでは？」

デイヴィッドソンは薄笑いを浮かべ、両手をそっとこすり合わせた。

「そんなことになったら、乾燥ココヤシの実を売ることができなくなる。獲れた魚ももらえなくなる。となれば、ほぼ飢え死にです。それは大いに気にしたでしょう」

「フレッド・オールソンの話をして差し上げたら」夫人が言った。

デイヴィッドソンがぎらぎらする目でマクフェイル医師をじっと見つめた。

「フレッド・オールソンというのは、デンマーク人の商売人でした。島での暮らしはかなり長かったらしい。商売人としてけっこう羽振りがよく、私たちの到着はあまり歓迎されなかった。お察しのとおり、好き放題やっていました。現地人のココヤシには勝手な値をつけ、ウイスキーなどの物品で支払う。現地人の女と結婚していましたが、浮気三昧《ざんまい》。大酒も飲む。道を正す機会はやりましたが、無視です。嗤《わら》ってました」

最後の一文を言うとき、声が一段と低まった。一、二分の沈黙。威圧されるようで息苦しい。

「二年後には破産です。四半世紀分の貯えをすべて失いました。最後には、金もやる気も失わせたこの私に物乞いのごとくすがってきましたよ。シドニーに帰らせてください、とね」

「あのときの姿ときたら」夫人が言った。「昔は立派でたくましい人でしたのに。肉づきがよくて、声も迫力がありました。それなのに、体が半分にしぼんで、全身をぶるぶる震わせていたんですからね。一気に老けてしまいましたわ」

放心したようにデイヴィッドソンは外の闇を見つめている。また雨が降っていた。いきなり階下から音が響いてきた。デイヴィッドソンが振り返り、何事かというように夫人を見る。蓄音器だった。耳障りで喧《やかま》しい。ラグタイムがぜえぜえ喘《あえ》ぐように鳴っている。

「何だ、あれは?」デイヴィッドソンが言った。

夫人が鼻眼鏡をしっかりと掛け直す。

「二等の客が部屋を借りてますの。たぶんそこからかと」

黙って耳を澄ましていると、踊る音が聞こえてきた。やがて音楽がやみ、コルクがぽんぽんと抜かれ、賑やかな会話が始まった。

「乗ってきた船の友達とお別れ会をしているのでしょう」マクフェイル医師が言った。

「出港は十二時でしたか」

デイヴィッドソンは答えず、自分の時計に目をやった。

「行くかい?」

問われた夫人が立ち上がり、仕事を片づける。

「ええ、そうね」

「もうお休みですか?」と、マクフェイル医師。

「いろいろ読みますから」夫人が答えた。「どこにいても就寝前には聖書の一章を読みますの。それに、注釈での研究も。あとは徹底的な議論。頭の訓練としては申し分ありません」

夫婦同士で就寝前の挨拶を交わす。残ったマクフェイル夫妻は、二、三分、どちらも口を開かなかった。

「トランプを取ってくるかな」ようやくマクフェイル医師が言った。

夫人が、いいのかしら、という目を向ける。夫妻との会話で少し不安になっていたのだ。とはいえ、二人がいつ来るかわからないからやめたら、とも言えない。戻った夫がペイシェンスに興じるのを、やましい気分で眺めた。下ではまだパーティが続いている。

翌日はまずまずの晴天だった。パゴパゴで無意味な二週間を過ごすはめになり、マクフェイル夫妻は時間を有効活用することにした。まず波止場に行き、トランクから本を何冊か取り出す。マクフェイル医師が海軍病院の主任外科医を訪ねて回診に付き添う。夫婦そろって総督に名刺も置いてきた。道すがらミス・トンプソンとすれ違った。マクフェイル医師が帽子を取ると、大きな明るい声で、「おはよ、先生」という挨拶が返ってきた。服装は前日とだいたい同じ白のワンピースである。ヒールの高いぴかぴかした白いブーツを履き、その上から脚がむちっとはみ出しているのが、この異国風景にそぐわない。

「あんまりまともな格好とは言えないわね」夫人は言った。「すごく下品な感じ」

戻ってみると、ミス・トンプソンが下のベランダで子供と遊んでいた。ここの子で肌が黒い。

「ちょっと挨拶しておいで」マクフェイル医師が小声で言った。「ずっと一人なんだから、無視するのも悪いじゃないか」

引っ込み思案な夫人だったが、きまって夫の言うとおりにする。

「同宿のようで」いささか間の抜けた言葉をかけた。

「ひどいわよね、こんな田舎に閉じ込められて。でも、部屋があってよかったみたい。現地人の家で過ごすなんてあれだから。そういう場合もあるわけだし。なんでホテルがないんでしょ」

もう一言、二言、言葉を交わした。ミス・トンプソンは大きな声でよくしゃべる。噂話に花を咲かせたがっている様子だったが、さして話すこともなかった夫人は、すぐにこう言った。

「そろそろ失礼して、上に」

夕方、お茶の席に着くと、デイヴィッドソンが部屋に入るなり言った。

「下の女性のところに船員が二人いるようです。どうやって知り合ったものか」

「細かいことは気にされない方なんでしょう」デイヴィッドソン夫人が答える。

何もすることのない退屈な一日に、みんないささか倦《う》んでいた。

「こんなのが二週間ともなったら、終わる頃にはいったいどうなっていることやら」

マクフェイル医師がこぼす。

「一日を振り分けるまでです」デイヴィッドソンは言った。「私なら、勉強を数時間、運動を数時間。雨も晴れも関係ありません。雨季に雨を気にしても仕方がない。あとは数時間、息抜きでしょうか」

医師は不安そうな目を向けた。日課に圧倒されたのだ。

またハンバーグステーキだった。コックはこれしか作れないらしい。下で蓄音器が鳴り出した。デイヴィッドソンがびくんとする。だが、何も言わない。男たちの声が聞こえてきた。何か有名な曲を歌っている。やがてミス・トンプソンの大きなしゃがれ声が加わった。喚声と笑い声がやたらと上がる。上の四人は、会話に努めようとしたが、耳はどうしても、グラスの触れ合う音、椅子のきしむ音にいく。客の数が増えたらしい。パーティをしているのだ。

「何だってあんなに大勢を引っ張り込むんでしょう」マクフェイル夫人がいきなり医者同士の専門的な話に割り込んだ。

夫人の思いが別方面に向いているのは明らかだった。デイヴィッドソンも、ひくつく顔から判断すると、科学の話をしながら似たようなことをせっせと考えていたらしい。医師がフランダース戦線での医療体験についてくどくど話していると、いきなり

「あっ！」と言って立ち上がった。

「アルフレッド、どうしたの？」デイヴィッドソン夫人が言った。

「そうだったのか！　迂闊《うかつ》だった。イヴェレイの女とは」

「まさか」

「ホノルルで乗ってきたじゃないか。間違いない。ここでやってるんだ。ここで」

最後に発した一言には怒りがこもっていた。

「イヴェレイって何ですの？」マクフェイル夫人が問う。

デイヴィッドソンが暗い目を向けた。声が恐怖に震えている。

「悪疫の地。赤線地区。われらが文明の汚点」

イヴェレイはホノルルの外れにあった。港近くの真っ暗な脇道をいくつか抜け、ぐらぐらした橋を渡ると、轍《わだち》と穴だらけの侘《わび》しい道路に出る。そしてすぐ、明るい場所が姿を現す。道の両側は駐車スペースだ。けばけばしくまぶしい酒場が軒を連ねる。どこもかしこも自動ピアノが喧《やかま》しい。理髪店に煙草屋もある。ざわざわとした気配、楽しいことが待ち受けている感じが漂う。いま来た道がイヴェレイを突っ切っているので、右でも左でも狭い路地に入ってみるといい。そこが赤線地区である。小体《こてい》なバンガローが幾筋も並ぶ。手入れが行き届き、緑の塗りが鮮やかだ。列なすバンガローとバンガローに挟まれて、幅広い通りが真っ直ぐ走っている。これと似た配置になっているのは田園都市であろうか。それなりの規則性があり、小ぎれいに整理されている点が、冷ややかな恐怖感を与える。愛欲の探求がここまで規則化され、整理された例《ためし》はないからだ。どの通りもちらほら街灯に照らされてはいるが、家屋の開いた窓から明かりが洩れていなければ、きっと暗かろう。男たちがあてどなく歩きながら、窓辺に座る女たちを眺めている。その女たちは読書か針仕事の真っ最中で、客のことなどたいがいは気にしていない。女も男も国籍はいろいろである。アメリカ人なら、停泊している船舶の乗組員、陰気に酔っ払う砲艦の下士官、それから、島に駐屯する連隊の白人兵士と黒人兵士。数人ずつ固まって歩く日本人もいる。ハワイ人、長衣《ながぎぬ》の中国人、間抜けな形の帽子をかぶるフィリピン人もいた。一様に押し黙っている。欲望とは悲しいものなのだ。

「太平洋で最大のスキャンダルだったのです」デイヴィッドソンが声を荒《あら》らげた。「長年にわたって宣教師たちが抗議運動を続けた結果、ようやく地元の新聞が取り上げたのに、警察は動こうとしない。言い分ならおわかりでしょう。悪徳はなくならない、したがって一カ所にまとめて規制するのが一番、です。本当は金を受け取っていたくせに。金を。酒場の店主、淫売宿の主、それに女たちから。でも結局は動かざるをえなくなった」

「それなら新聞で読みました。ホノルルに着いたときに船で」マクフェイル医師が言った。

「到着したまさにその日だった。イヴェレイがその罪、恥もろとも姿を消したのは。全住民が判事の前に引きずり出されましたよ。どうしてあの女の正体がすぐにわからなかったものか」

「その話で思い出したのですけど」マクフェイル夫人が言う。「船が出る数分前に乗り込んできました。あのとき、ぎりぎり、と思いましたわ」

「よくもここまで！」デイヴィッドソンが憤然たる声を上げた。「許すものか」

大股でドアに向かう。

「どうするおつもりです？」医師が呼びかけた。

「やめさせます。決まってるじゃないですか。あろうことかこの家を――この家を……」

女性たちの耳を汚すまいと言葉を探す。憤怒に目はぎらつき、いつもの青白い顔が一段と真っ青になっている。

「どうやら男性が三、四人いるようですね。いま行かれるのはかなり無謀かと」

デイヴィッドソンは医師に軽蔑の眼差しを向けてから、何も言わずに部屋を飛び出していった。

「主人のことがおわかりではないようですわね。使命を果たすとなったら身の危険などかまいません」

夫人は、指を不安そうに組み合わせて座っていた。高い頬に赤みが差し、何が起きるのかと耳を澄ましている。三人とも聞き耳を立てていた。派手な音をさせて木の階段を降りていく。勢いよくドアを開けると、歌声がぴたっとやんだ。だが、蓄音器のがなり立てる低俗な曲は続く。デイヴィッドソンの声。どすんという音。曲がやむ。デイヴィッドソンが蓄音器を床に放ったらしい。またデイヴィッドソンの声。内容ははっきりしない。それからミス・トンプソンの金切り声が聞こえたかと思うと、わめき声が入り乱れた。複数の人間があらん限りに叫んでいるようだ。マクフェイル医師がおずおず夫人が小さく息をのみ、さらにぎゅっと指を握りしめた。マクフェイル医師がおずおずと、夫人、それから自分の妻に目をやる。下には行きたくなかったが、二人に望まれている気がしたのだ。と、もみ合うような音がした。さっきよりも激しい。もしやデイヴィッドソンが放り出されるのでは。ドアをバタンと閉める音。一瞬しんとなり、デイヴィッドソンが階段を上がってくるのが聞こえた。自室に戻った。

「見てきます」デイヴィッドソン夫人が言った。

立ち上がり、部屋を出ていく。

「用があるときは呼んでくださいね」そう声をかけたマクフェイル夫人は、相手の姿が消えたところで、「ご主人、怪我されてないといいのだけど」と言った。

「放っておけばいいものを」マクフェイル医師は言った。

二人はしばらく静かに座っていた。だが、急に椅子から飛び上がった。蓄音器がまた鳴り出したのだ。それも聞こえよがしに。ざまを見ろとばかりに、しゃがれ声が卑猥な歌をがなっていた。

翌日、デイヴィッドソン夫人は顔が青ざめ、憔悴《しょうすい》していた。頭が痛いとこぼす。老け込み、しわくちゃだった。夫人は、マクフェイル夫人にこう事情を明かした。主人は一睡もしてません。夜通し極度の興奮状態にあり、五時に起き出したと思ったら出ていってしまいました。ビールを浴びせられたらしく、服が臭くて、臭くて。だが、ミス・トンプソンに話がおよんだ途端、その目が暗く燃えた。

「いつか侮辱を心から後悔することになるでしょう。主人は素晴らしい心の持ち主です。悩める人も会えばきっと心が慰められる。でも、罪は容赦しません。主人が義憤にかられたら、相手はもう終わりです」

「ど、どうなるのでしょう？」と、マクフェイル夫人。

「さあ。私があの女でなくてよかった」

マクフェイル夫人は身震いした。自信たっぷりの勝ち誇った態度に怖くてたまらなくなったのだ。

その朝は一緒に出かけることにしていた。並んで階段を降りていく。ミス・トンプソンの部屋のドアが開いていた。じっとり汚れたドレッシングガウンを着て、卓上コンロで調理をしている。

「おはよ」声がかかった。「ご主人、今朝はお元気？」

二人とも黙って通り過ぎた。つんと澄まして無視を決め込む。だが、馬鹿にした高笑いが上がり、二人は顔が真っ赤になった。デイヴィッドソン夫人がいきなり食ってかかった。

「話しかけないで」金切り声を上げる。「馬鹿にしたら、ここにいられませんからね」

「あら、こちらからご主人にお越し願った？」

「答えちゃだめ」マクフェイル夫人が慌てて小声で言った。

二人はそのまま歩き続けた。相手に声が聞かれないところまで来たときだ。

前だった。

「なんて女、なんて女」デイヴィッドソン夫人がぶちまけた。あまりの怒りで窒息寸前だった。

帰る途中、波止場へとぶらぶら歩いていく女とまたしても会った。派手なのをありったけ身につけている。けばけばしい花飾りの付いた大きな白い帽子がはしたない。すれ違いざま、上機嫌に声をかけてきた。女同士による冷たい視線の投げ合いに、そばにいたアメリカ人の船員二人がにんまりとする。帰り着いてすぐ、また雨が降り出した。

「きっと一張羅がびしょびしょね」デイヴィッドソン夫人はせせら笑った。

デイヴィッドソンが戻ってきたのは、昼食も半ばを終えた頃だった。全身ずぶ濡れにもかかわらず、着替えようとはしない。着席し、むっつりと黙り込んだまま、ほんの一口だけ食べると、あとは斜めに降る雨を見つめるばかりである。妻から、二回ミス・トンプソンに会ったと言われても、返事をしない。もっとも、さらに眉をひそめたから聞いてはいるのだろう。

「追い出してもらうというのはどうかしら？」デイヴィッドソン夫人が持ちかけた。

「侮辱されたままなんて」

「ほかに行き場がないのでは」マクフェイル医師が応じる。

「土地の人間の厄介になればよろしいかと」

「こんな天気です。ああいう小屋はちょっとつらいでしょう」

「昔、何年も住んだことがあります」デイヴィッドソンが言った。

土地の娘が毎日のデザート代わりとなる揚げたバナナを持ってきた。デイヴィッドソンは娘に目をやり、言った。

「トンプソンさんに都合をうかがっておくれ」

娘は恥ずかしそうにうなずき、出ていった。

「どうしてお会いに？」デイヴィッドソン夫人が問いかけた。

「それが義務だからだ。手を打つにしろ、まずは大いにチャンスを与えてやらねば」

「あなたは女の正体をご存じない。辱めを受けますわよ」

「好きにさせるさ。唾を吐きたければ吐くがいい。あの女にもしかし不滅の魂はある。力を尽くして救わねば」

デイヴィッドソン夫人の耳には、あばずれ女の嘲笑がまだ響いていた。

「もう手が届きませんわ」

「神のご慈悲の手も?」とたんにデイヴィッドソンの目が輝いた。声が豊かで柔らかい。「ありえない。なるほど罪人の罪は地獄の底より深いかもしれない。だがそれでも主イエスの愛は届こう」

娘が返事を持ってきた。

「よろしくということでした。営業時間外ならいつでもお会いになるそうです」

一同、押し黙ったままである。マクフェイル医師が口元に浮かんだ笑みを慌てて消す。ミス・トンプソンの鉄面皮を面白がっているのが妻に知れたらことだった。

沈黙のうちに食事は終わった。女性陣が席を立ち、手仕事に取りかかる。マクフェイル夫人は、戦争開始時から作ってばかりのウールスカーフをまた編んでいた。マクフェイル医師はパイプに火を点《つ》けた。座ったままのデイヴィッドソンは、焦点の定まらぬ目でテーブルを見つめていたが、しばらくすると立ち上がり、無言で部屋を出ていった。下に降りていくのが聞こえる。ノックの音と「入ったら」というミス・トンプソンの喧嘩腰な返事。一時間こもっていた。

マクフェイル医師は雨を眺めていた。この雨に少しいらいらしていた。しとしと降るイギリスの静かな雨とは違う。容赦がなく、なぜか恐ろしい。自然に備わっている原始の力が敵意を露《あらわ》にしている感じだった。ただ強く降るというのではない。あふれてくる。天の洪水と呼べようか。屋根のトタンをしつこく叩き、頭を狂わす。まるで雨自体に怒りがこもっているようなのだ。このまま降り続いたらいつか悲鳴を上げてしまうのでは、と思わされる場合もあれば、骨が突然ぐにゃりとなったかのように、いきなり無力感に襲われてしまう場合もある。いずれにせよ、暗澹《あんたん》たる気持ちになるのだった。

マクフェイル医師が振り向いた。デイヴィッドソンが戻ってきたのだ。女たちも目を上げる。

「チャンスはやるだけやった。悔い改めるようにも言った。悪魔の女め」

言葉が途切れた。マクフェイル医師には、その目が暗さを増し、青白い顔が強張《こわば》って険しくなるのがわかった。

「こうなれば、鞭を使うしかあるまい。主イエスが神殿から金貸しと両替屋を追い出したときに使われた鞭を」

デイヴィッドソンは部屋を行きつ戻りつした。口を固く閉じ、黒い眉をひそめている。

「たとえ地の果てまで逃げようとも追いかけてやる」

そう言うといきなり身をひるがえし、大股で部屋を出ていった。また階段を降りていく。

「どうなさるおつもりかしら？」マクフェイル夫人が疑問を口にした。

「さあ」デイヴィッドソン夫人が鼻眼鏡をはずし、拭《ぬぐ》う。「主の仕事に就いているときには質問したりしません」

そう言って、ため息をつく。

「どうされました？」

「あれでは体を壊します。気を緩められない人ですから」

デイヴィッドソンの働きかけが成果を見せ始めた。それをマクフェイル医師へ知らせたのは家主のホーンである。店の前を通りかかると呼び止められ、玄関先に出てきて話したのだ。太った顔に不安な表情が浮かんでいる。

「デイヴィッドソンさんに叱られました。トンプソンさんに部屋を貸してることで。ですが、貸したときはどんな方か知りません。部屋があるか訊かれた場合、問題なのはお金を払ってもらえるかどうかでして。今回は、前金で一週間分いただきましたから」

マクフェイル医師としては深入りしたくない。

「とにかく、お宅の家だからね。みんな泊めていただいて大いに感謝しているよ」

ホーンは疑わしげな目を向けた。相手がどれだけ宣教師の肩を持つのかまだわからない。

「宣教師の団結は固い」ホーンは恐る恐る言った。「難癖をつけられたら、商売人は店じまいして退散です」

「追い出すように言われたかい？」

「いえ。おとなしくしていればその必要はない、と。こっちのことも考えてくださったのでしょう。もう人は呼ばせないと約束しました。いま行って、女にも話したばかりです」

「反応は？」

「こっぴどい目に遭わされました」

古い麻服を着たホーンが体をもぞもぞと動かした。厄介な女であるのを思い出したのだ。

「まあ、なあに、ここを出ていくさ。誰も呼べないんだから、いたところで意味はない」

「行き場がありませんよ。現地人の住まいしか。ただ、もうどこも泊めてはくれないでしょう。宣教師たちに睨《にら》まれたとあっては」

マクフェイル医師は落ちてくる雨を眺めた。

「まっ、上がるのを待っていても仕方ないか」

その夜、客間にいると、デイヴィッドソンが大学に入学した当初の話をした。金がなく、長期休暇中にアルバイトをして切り抜けたという。階下は静かだった。ミス・トンプソンは自室で一人なのだ。突然、蓄音器が鳴り出した。強がりだった。寂しさをまぎらすためだった。しかし、歌う人間は誰もいない。調べが侘しい。大きな声で助けを求めているようだった。デイヴィッドソンはまるで気にしない。長話の途中で、表情一つ変えなかった。音楽は続いた。次から次へとかけていく。夜の静寂《しじま》がたまらないというように。

蒸し暑くて息苦しい夜だった。ベッドに入っても眠れないマクフェイル夫妻は、目をぱっちり開けたまま、蚊帳の向こうを飛び交う蚊の唸《うな》りを聞いていた。

「何かしら？」しばらくして夫人がささやいた。

声がする。デイヴィッドソンだった。壁板の向こうから聞こえてくる。抑揚のない声が一心不乱に続く。祈りを上げているのだ。ミス・トンプソンの魂のために祈っているのだ。

数日が過ぎた。もう道で行き会っても、ミス・トンプソンは挨拶してこない。わざとらしい愛想や笑顔を見せることもない。鼻をつんと上に向けてすれ違う。塗り立てた顔にむっつりした表情を浮かべ、眉根を寄せ、見えていない振りをする。マクフェイル医師がホーンから聞いた話によると、別に宿泊所を探したが不首尾に終わったらしい。夜になってレコードをあれこれかけたりするが、陽気を装っているだけなのは隠しようがなかった。ラグタイムが、まるで絶望のワンステップというように、ひび割れ、打ちひしがれたリズムを刻む。日曜に音が流れてきたとき、デイヴィッドソンはホーンを使いに出し、安息日を理由にすぐやめさせた。レコードが取りはずされ、家中が静まり返る。屋根にぱらぱらと当たる雨の音だけが聞こえた。

「ちょっと参ってきてるようです」翌日、ホーンがマクフェイル医師に報告した。「デイヴィッドソンさんの企みがわからず怯《おび》えてます」

マクフェイル医師も朝方に女の姿をちらっと目にして、例の不遜《ふそん》な顔つきが一変しているのに衝撃を受けたばかりだった。追い詰められている表情をしていた。ホーンが横目でちらっと医師を見てから、思いきって尋ねた。

「あの方のお考えはわかりませんか？」

「いや、わからんね」

そんな質問をされるのは不思議だった。マクフェイル医師自身、宣教師の行動が謎に思えたのだ。女のまわりに網を巡らしている。そんな印象を受けた。慎重かつ周到に網を張り、そしてすべてが整った瞬間、ぐいと引く。

「女への伝言を頼まれましてね」ホーンは言った。「必要なときに呼べばいつでも行く、と」

「そう伝えたら、何と？」

「何も。すぐ退散しましたから。言うだけ言って、さっさと逃げてきました。いまにも泣き出しそうだったので」

「たしかに寂しくてやりきれまい。それにこの雨。誰だって神経に応える」苛立《いらだ》たしげに言葉を継ぐ。「まったく、ここは止まんのかね？」

「雨季なので雨がまず絶えません。年間の降水量が七千六百ミリ。入江の形が形なので。太平洋一帯から雨が集まるみたいです」

「知るかい、入江の形なんて」マクフェイル医師は吐き捨てるように言った。

蚊に刺されたところを引っかく。ずいぶん怒りっぽくなっていた。雨が止んで陽が差すと、まるで温室みたいに、ふつふつ、じめじめ、むしむし、暑くなる。何もかもがすさまじい勢いで成長しているという異様な感覚があった。そうなると逆に、無邪気と快活で知られる島民が、彫り物と染めた髪のせいで不気味に見えてくる。裸足で後ろをぱたぱた歩かれると、反射的に振り返ってしまう。いきなり背後から近づいてきて、長いナイフで背中をぶすりとやられるかのような気がするのだ。間隔の空いた両目の奥にいかなる邪悪な考えが潜んでいるのだろう。島民には神殿の壁画に描かれた古代エジプト人を思わせるものがあり、悠遠な太古の恐怖を漂わせていた。

デイヴィッドソンは、出たり入ったりと忙しくしていた。何をしているのやら、マクフェイル夫妻には見当がつかなかった。医師がホーンから聞いた話では、一日も欠かさず総督と面会しているらしい。一度、デイヴィッドソン本人から総督の話も出た。

「決断力のある人に見えますが、いざとなると根性がない」

「つまり、希望をきちんと叶えてくれない」マクフェイル医師が冗談めかして探りを入れる。

デイヴィッドソンはにこりともしない。

「正しいことをしてもらいたいだけです。言われてすることではないでしょう」

「しかし、何が正しいかは人それぞれということも」

「足に壊疽《えそ》のある患者がいるとします。切断をためらう人間に我慢できますか？」

「壊疽は現実の問題です」

「悪は違うと？」

デイヴィッドソンがしていたことはすぐに明らかとなった。昼食を終えたばかりの四人がまだ部屋に残っていたときのことである。暑さに負けた両夫人と医師が、デイヴィッドソンには怠惰としか思えない昼寝に向かおうとすると、いきなりドアがさっと開けられ、ミス・トンプソンが入ってきた。室内を見回し、デイヴィッドソンのほうにつかつかと近づく。

「最低なやつだね。総督に何て言ったのさ？」

怒りにまかせてまくし立てる。一瞬の間が空いたところで、デイヴィッドソンが椅子を一つ前に出した。

「お座りになったらどうです、トンプソンさん。もう一度お話をしたいと思っていました」

「この下衆《げす》野郎」

失礼きわまりない下劣な罵詈雑言《ばりぞうごん》を浴びせまくる。デイヴィッドソンは真剣な眼差しを向けたままだ。

「どんなに悪態をつかれてもかまいません。ただ、ご婦人方がいることをお忘れなく」

もうすでに彼女の怒りは涙に負けようとしていた。喉が詰まっているかのように、顔が真っ赤に膨《ふく》れ上がっている。

「何があったんです？」マクフェイル医師が尋ねた。

「知らないやつが来て、次の船で出てけって」

宣教師の目がきらりと輝いたか？　顔は無表情のままだった。

「状況が状況ですから、まさか総督が置いてくれるとは思いますまい」

「あんたの差し金だろ」金切り声を上げた。「ごまかすんじゃないよ。あんたのせいさ」

「ごまかしたりなどしません。あくまでも職務の範囲内で措置を講じてください、と総督にお願いしたまでです」

「なんでかまうのさ？　あんたに何かした？」

「何かされたから怨むという人間ではありません。てっきりおわかりかと」

「こんな田舎町、こっちからお断りさ。そこらの素人じゃないんだから」

「それなら文句はないでしょう」デイヴィッドソンがやり込めた。

ミス・トンプソンは、意味不明な怒りの言葉を叫び、部屋を飛び出していった。しばしの沈黙があった。

「安心しました。ようやく総督が動いてくれた」しばらくしてデイヴィッドソンが口を開いた。「気の弱い人です。ぐずぐず、ぐずぐずして。二週間しかいない相手であり、アピアに行ってしまえばイギリスの管轄だから自分とは関係ないと、こうですからね」

弾《はじ》かれたように立ち上がり、大きな足取りで部屋の反対側へと歩いていく。

「無茶苦茶だ。当局はこぞって責任の回避。悪も見えなくなれば消えるということですか。あの女の存在自体が不名誉なのであって、別の島にやったから解決というものではない。結局、ストレートに言うしかなかった」

眉間《みけん》にしわを寄せ、がっしりしたあごをぐいと突き出す。覚悟を決めた険しい表情を見せる。

「それはどういう意味ですか?」

「われわれの布教団体もワシントンで影響力がないわけではない。総督にですね、ここでの舵取りに苦情が出たらよろしくないでしょうと申し上げたまでです」

「出発はいつ?」少ししてマクフェイル医師は言った。

「サンフランシスコ行きの船が今度の火曜日にシドニーから到着するので、それに乗ってもらいます」

それなら五日先だった。

翌日のことである。マクフェイル医師が時間つぶしに午前中の大半を過ごす病院から戻り、上に行こうとしたときだった。ホーンに呼び止められた。

「すみません、先生。トンプソンさんの具合が。ちょっと見てやってくれませんか?」

「いいでしょう」

部屋に案内された。当人はぼんやりと椅子に座っていた。本を読むでも、縫い物をするでもない。正面をじっと見つめている。いつものように白いワンピース、花を付けた例の大きな帽子。白粉《おしろい》を塗っていても、顔が黄色く冴えないのがわかった。目がとろんとしている。

「お加減がすぐれないとか」

「あら。ほんと言うと、どこも悪くないの。お話ししたくて、ちょっと言ってみただけ。シスコ行きの便で発つことになりました」

こちらに向けられた目が、瞬間、ぱっと見開かれた。発作のように両手を開いてからぎゅっと握りしめる。ホーンは戸口に立って話を聞いていた。

「だそうですね」

マクフェイル医師が答えると、ミス・トンプソンは小さく息をのんだ。

「いまシスコはちょっとまずいの。昨日のお昼、総督さんのところに行ったけど会えなかった。秘書の話だと、その船に乗るしかないんですって。とにかく総督さんに会いたかったから、今朝も自宅の外で待ちぶせして、出てきたところで声をかけた。たぶん話したくなかったんでしょ。でも、逃げようったってそうはいかない。とうとう言ったわ。デイヴィッドソンさんの同意があれば、次のシドニー行きが来るまで残ることに反対はしないってね」

そこで言葉を切り、必死な目で医師を見る。

「いったいどうしろと？」

「あの、頼んでもらえないかしら。滞在の許可さえ出していただけるなら、何もしません。誓います。向こうがお望みなら、家から一歩も出ない。二週間だけなんだし」

「訊いてみましょう」

「賛成なさらんでしょう」ホーンが口を挟む。「火曜になったら追い出される。覚悟を決めておくことですな」

「シドニーなら仕事があるからって言ってよ。つまり、まっとうなのが。たいした頼みじゃないでしょ」

「できるだけのことはしてみます」

「すぐ知らせにきてちょうだい。どっちかはっきりしないと、落ち着いて何もできないから」

マクフェイル医師にしてみたら、あまりうれしくない頼みごとだった。そこで、いかにもと言えばいかにも、横から攻めた。話を妻に聞かせ、それを夫人に伝えてもらったのだ。デイヴィッドソンもずいぶん理不尽ではないか。もう二週間ここに置いたからといって、害になるわけでもあるまい。そうは思ったが、駆け引きの結果に向き合う心の準備はできていなかった。すぐに宣教師がやってきた。

「妻に聞いたのですが、トンプソンから話があったとか」

こう直接やられると、無理に表へ引っ張り出された恥ずかしがり屋と同じ、憤りを覚えた。かっかとしてくるのが自分でもわかる。顔に血が上った。

「サンフランシスコでもシドニーでも、どっちだっていいでしょう。ちゃんとすると言ってるんだから。厳しくやりすぎだ」

デイヴィッドソンがいつもの険しい目で見つめる。

「どうしてサンフランシスコに戻るのを嫌がるのでしょうか?」

「そんなの訊いてませんよ」つっけんどんに答える。「だいたい余計なお世話じゃないですか」

あまりうまい返事とは言えない。

「次の船での送還は総督の命令によるものです。義務を果たされたまでのこと。それに口を挟むつもりはありません。あの存在は島を危険にさらします」

「やけに厳しく、横暴ですな」

二人の夫人がひやひやして医師を見上げた。だが口論の心配はない。デイヴィッドソンは静かに微笑んでいる。

「まことに残念です。そんなふうにお思いになるとしたら。よろしいですか。あの不幸な女性を思い、私の心は血を流している。それでも、何とか無理して自分の義務を果たしているのです」

マクフェイル医師は答えなかった。ふてくされて窓の外を見ている。珍しく雨が止んでいた。入江の対岸に目をやれば、木立に抱かれるようにして小屋がいくつも見える。現地人の村だ。

「せっかく雨も止んだことだし、出かけてきます」

「ご期待に沿えないからといって、怨まないでいただきたい」デイヴィッドソンが寂しげな笑みを浮かべる。「先生のことはすごく尊敬しているのです。悪く思われるのは悲しい」

「ご自分を立派だとお思いなのだから、私が何を言おうと平気でしょう」マクフェイル医師がやり返す。

「これは一本取られました」デイヴィッドソンは静かに笑った。

意味なく失礼だった自分にむかつきながら階段を降りていくと、ミス・トンプソンがドアを細めに開けて待っていた。

「で、話してくれた？」

「ええ。残念ですが、どうする気もないそうです」そう答えるが、気まずいので顔は見ない。

だが、医師はすぐに素早い視線を投げた。嗚咽《おえつ》が聞こえたのだ。恐怖に顔が青ざめている。これには胸を突かれた。思いつきを口にする。

「いや、まだ望みは捨てないように。あなたへの扱いはあんまりだと思ってるんです。私が総督に掛け合ってみましょう」

「いまから？」

うなずく。相手の顔がぱっと明るくなった。

「あら、お優しい方。きっと大丈夫ね。あなたが話してくださるんだから。ここにいるあいだ、いけないことは絶対にしません」

総督に直訴しようと思い立った理由はよくわからない。ミス・トンプソンの件にはまるで関心がないのだから。ただ、デイヴィッドソンのことが癪《しゃく》に障った。マクフェイル医師は怒りがくすぶる質《たち》なのである。

総督は在宅だった。大柄でハンサムな海軍の軍人であり、白髪まじりの歯ブラシみたいな口ひげをたくわえ、綾織地の真っ白な軍服を着ていた。

「同宿の女性のことでお話が」マクフェイル医師は切り出した。「トンプソンという人です」

「その女《ひと》のことはもう十分に聞きました」総督がにっこりと笑う。「次の火曜日には出ていくようにと命じたところです。それしかありません」

「お願いですが、出発日を延ばしてやれませんか。サンフランシスコからの船が到着するまで滞留の許可を。そうすればシドニーに行けます。悪いことはさせません」

総督は笑みを浮かべたままである。ただ、その目がすぼまり険しくなった。

「できればそうして差し上げたい。しかし、もう命令を出してしまいました。撤回というわけにはいきません」

マクフェイル医師ができるだけ意を尽くして事情を説明すると、総督の顔からすっかり笑みが消えてしまった。そっぽを向き、むすっとしながら話を聞いている。何を言っても無駄なのは見ればわかった。

「ご婦人に迷惑をかけるというのは心苦しいものだが、火曜日には離島していただく。それだけです」

「このままでも別にかまわないのでは？」

「お言葉ですが、先生、職務遂行の理由を説明する義理はない。上の人間でもない限りは」

マクフェイル医師は鋭い視線を向けた。脅し文句を並べたというようなことをデイヴィッドソンが言っていなかったか。総督の態度に変なうろたえが見える。

「デイヴィッドソンも出しゃばりなやつだ」マクフェイル医師は憤然として言った。

「ここだけの話、デイヴィッドソン氏はあまり好ましい人物とは思えません。ですが、正直に認めますと、正しい指摘もされた。なるほど、こういう現地人のいる駐屯地では、トンプソンさんのような女性が危険な存在になる」

総督が立ち上がったので、マクフェイル医師も立ち上がるしかなかった。

「そろそろ失礼します。約束がありますので。奥様によろしくお伝えください」

マクフェイル医師はしょんぼりしながら引き上げた。きっと待ち構えているだろう。

自分の口からしくじりを伝えたくはなかったので、裏口から入り、秘密を抱えるようにしてこっそりと階段を上がった。

夕食のときは黙ったまま、居心地の悪い思いをしていた。一方のデイヴィッドソンは陽気に浮かれている。マクフェイル医師は、ときどき自分に視線が向けられるような気がした。しかも上機嫌なしたり顔である。そこではたと気がついた。総督への訪問が失敗に終わったのを知っているのだ。いったいどこで聞いたものだろう。この男には得体の知れないところがある。食後、ベランダにホーンの姿が見えたので、マクフェイル医師は軽くおしゃべりという感じで近づいていった。

「総督とお会いしたのか、彼女が知りたがってます」ホーンが小声で言った。

「ああ。どうする気もないそうだよ。あいにくだが、これ以上は何も」

「どうする気もないのはわかってました。誰だって宣教師に楯突きやしません」

「何のお話です？」デイヴィッドソンがやってきた。愛想がいい。

「最低もう一週間はアピアに渡れないという話を」ホーンがうまくごまかした。

ホーンが姿を消すと、二人は客間に入った。デイヴィッドソンは食後の一時間を息抜きに当てている。しばらくして、ためらうようなノックがあった。

「どうぞ」デイヴィッドソン夫人がお決まりの鋭い声で返事をした。

ドアは開《あ》かない。夫人が席を立ち、ドアを開ける。戸口にミス・トンプソンが立っていた。見た目の変わりようが尋常ではない。道でからかってきたあの憎たらしいあばずれ女の姿はなかった。打ちひしがれ、怯える女がいた。いつもだと念入りにセットされている髪が、ばらばらと首筋にかかっている。寝室用のスリッパ、スカートにブラウス、どれもがじっとりと汚れていた。滂沱《ぼうだ》の涙で顔を濡らし、突っ立ったまま中へ入ろうとはしない。

「何かご用？」デイヴィッドソン夫人が尖《とが》った声を出す。

「ご主人とお話がしたいのですけど」喉が詰まったような声だ。

デイヴィッドソンが立ち上がり、近づく。

「お入りなさい」口調が優しい。「どうしました？」

ミス・トンプソンは部屋に入った。

「あの、この前はあんなこと言ってすみませんでした。そ、それと——ほかにもいろいろ。ちょっと酔ってたんです。許してください」

「なあに、かまいません。少しくらいの悪口には耐えられますから」

ミス・トンプソンが媚びへつらうように近寄る。

「あなたの勝ち。参りました。シスコに戻したりはしませんよね？」

デイヴィッドソンの温かみある態度がふっと消え、たちまち有無を言わさぬ厳しい声に変わった。

「戻りたくない理由は？」

その勢いにミス・トンプソンは縮み上がった。

「家族がいると思うので。こんな姿は見られたくありません。ほかならどこでも行きますから」

「サンフランシスコに戻りたくない理由は？」

「いま言いました」

デイヴィッドソンは身を乗り出し、魂をのぞき込もうとするかのようにぎらつく目で女を見すえると、いきなりはっと息をのんだ。

「刑務所かっ」

ミス・トンプソンが絶叫した。デイヴィッドソンの足下にくずおれ、両脚にしがみつく。

「戻さないで。神かけてよい人間になると誓いますから。すべてを捨てますから」

懇願の言葉をめちゃくちゃにまくし立てた。化粧した頬を涙がだらだらと流れていく。のしかかるように身をかがめたデイヴィッドソンは、顔を上に向かせ、力ずくで自分を見させた。

「そうなんだな、刑務所なんだな?」

「捕まる前に逃げたの」喘ぐように言う。「おまわりに引っつかまったら三年だから」

デイヴィッドソンが手を離すと、ミス・トンプソンはどさりと床に崩れた。激しく泣きじゃくる。マクフェイル医師が立ち上がった。

「事情がすっかり変わりました。こうなったら無理に戻すというわけにはいきません。もう一度チャンスをやりましょう。出直すと言ってますし」

「絶好の機会だ。悔い改めると言うなら、それなりの罰を受けてもらおう」

その言葉を誤解して、ミス・トンプソンが顔を上げた。腫《は》れた目に希望の光が宿る。

「見逃してくれるの?」

「いや。火曜日のサンフランシスコ行きに乗ってもらう」

ひいっと恐怖の声が上がった。そして、低くしゃがれた唸り声。ほとんど人間のものとは思われない。頭を床にがんがんと打ちつける。マクフェイル医師がすかさず近づき抱き起こした。

「こらこら、やめるんだ。部屋に戻って横になりなさい。何か持っていくから」

立たせて、半ば引きずり半ば抱えるようにして、下へと連れていった。夫人にも妻にも腹が立って仕方がなかった。助けようともしない。ホーンが踊り場にいたので、手を借りて何とかベッドに寝かせた。泣き呻《うめ》いている。いまにも気絶しそうだ。注射を一本打った。マクフェイル医師は暑さにぐったりしながら二階に戻った。

「横にさせました」

三人は部屋を出たときと同じ場所にいた。あれから動くことも、話すこともできずにいたのだろう。

「お待ちしておりました」デイヴィッドソンが妙によそよそしい声で言った。「みなさんには、過《あやま》てる同胞《はらから》の魂のため、ともに祈っていただきたい」

デイヴィッドソンは棚から聖書を取ると、食事をしたテーブルに向かって座った。まだ片づけが済んでいない。ティーポットをわきにのけてから、力強い声で朗々と、イエス・キリストが姦淫で囚われた女と出会う件《くだり》の章を読み上げた。

「それでは、一緒にひざまずき、われらが姉妹セイディ・トンプソンの魂のために祈りましょう」

情熱のこもった祈りを延々と捧げ、罪深き女性にご慈悲を、と神に嘆願する。両夫人が目を閉じてひざまずく。不意をつかれたマクフェイル医師は、おどおどそわそわしながら、やはり膝をついた。すさまじく雄弁な祈りだ。デイヴィッドソンは感極まり、唱えながら涙で頰を濡らしている。外では無情の雨が降っている。執拗に降っている雨には、あまりにも人間的な激しい敵意がこもっていた。

ようやく祈りを終えたデイヴィッドソンは、しばし間《ま》を置いてから言った。

「次は主の祈りです」

全員で唱え、デイヴィッドソンが立つと、ほかの三人も立ち上がった。デイヴィッドソン夫人の顔は青白く、満ち足りている。慰めを与えられ平穏になったのだ。しかし、マクフェイル夫妻はいたたまれなくなった。どこを見ていいのかもわからない。

「下に行って様子を見てきます」マクフェイル医師は言った。

ドアをノックすると、開けたのはホーンだった。ミス・トンプソンはロッキングチェアに座り、静かにすすり泣いている。

「何してるんですか」医師は大声を上げた。「寝るように言ったでしょ」

「寝てられません。デイヴィッドソンさんにお会いしないと」

「まったく、そんなことしてどうなります。どうにもなりませんよ」

「呼べば来てくれるって言ってた」

マクフェイル医師はホーンに合図した。

「呼んできてください」

ホーンが上に行っているあいだ、二人は黙っていた。デイヴィッドソンが姿を現した。

「お呼び立てしてすみません」そう言って、ミス・トンプソンは沈んだ目を向けた。

「呼ばれる気がしていたところです。主が私の祈りに応えてくれると思っていました」

しばし二人は見つめ合った。ミス・トンプソンが視線を逸《そ》らし、目を背けたまま言った。

「私はこれまで悪い人間でした。悔い改めます」

「神よ、感謝します！　われわれの祈りを聞き届けてくださるとは」

デイヴィッドソンは男二人のほうを向いた。

「席をはずしてもらえませんか。妻には祈りが届いたと伝えてください」

二人は部屋を出て、ドアを閉めた。

「いやあ、たまげた」ホーンは言った。

その夜、マクフェイル医師は遅くまで寝つかれなかった。デイヴィッドソンが階段を上がってくる音が聞こえたので、時計に目をやった。二時である。だが、すぐ床に就くというわけではないらしく、板壁の向こうから祈る声がして、そのうちにマクフェイル医師のほうが疲れて眠ってしまった。

翌朝、その姿を見て驚いた。いつにも増して顔色が青白く、疲労が見て取れる。それなのに、目が人間のものとは思えない熱情でぎらぎらしているのだ。とてつもない喜びが全身にみなぎっているかのようだった。

「すぐ下に行ってセイディを見てやってください。体調はまだまだですが、魂は――生まれ変わりました」

マクフェイル医師はくたびれて気が立っていた。

「昨夜はずいぶん遅くまでご一緒だったようで」

「ええ。どうしても離してくれなかったものですから」

「ご満悦でけっこうなことだ」声が苛ついている。

デイヴィッドソンの目が恍惚《こうこつ》に輝いた。

「大いなる恵みを賜《たま》わりました。昨夜、迷える魂をイエスの御腕《みうで》に委ねる特権を与えられたのです」

今日もミス・トンプソンはロッキングチェアに座っていた。ベッドは使ったままの状態で、部屋は足の踏み場もない。着替えもせず、汚れたドレッシングガウンをはおっている。髪は無造作に結わえてあるだけだ。顔には濡れタオルを当てたようだが、泣き叫んだせいで、全体が腫れてぐしゃぐしゃになっていた。自堕落な女にしか見えない。

マクフェイル医師が入ると、のろのろ目を上げた。打ちひしがれ怯えている。

「デイヴィッドソンさんは?」

「呼べばすぐに来るのでは」棘《とげ》のある口調で答える。「様子を見にきたんだがね」

「なら、大丈夫。心配なさらないで」

「何か食べたかい？」

「ホーンがコーヒーを」

不安げにドアを見る。

「もうじき降りてらっしゃるかしら？　あの方がいてくださると、そうひどくはないの」

「やはり火曜に？」

「ええ。行かなくてはならないとおっしゃるから。すぐに来てくれるよう言ってもらえます？　先生にいていただいてもね」

「わかりましたよ」

それから三日間、デイヴィッドソンはほとんどの時間をミス・トンプソンと過ごした。顔を合わせるのは食事のときだけだが、マクフェイル医師の見るところ、手をつけることはほとんどない。

「うちの人、弱ってきてます」デイヴィッドソン夫人が切なそうに言った。「このままだと倒れるかもしれません。でも、気は緩めないでしょう」

その夫人が顔面蒼白である。まったく寝ていませんとマクフェイル夫人に明かした。

デイヴィッドソンは、女のところから戻るとくたくたになるまで祈りを上げる。なのにあまり睡眠は取らない。一、二時間もすると起き出して着替え、入江沿いの散歩に出かける。変な夢を見るのだった。

「今朝、ネブラスカの山が夢に出てくると言ってました」

「それは妙ですね」マクフェイル医師は言った。

それならアメリカを横断する列車から見た覚えがある。巨大なもぐら塚とでも言うべきもので、滑らかな丸みがあった。それがいきなり大平原にぽんっと姿を現す。女性の乳房のようだと思ったものだ。

デイヴィッドソン本人も、自分の忙《せわ》しなさに耐えられなくなっていた。しかし、得も言われぬ高揚感に心は浮き立つ。哀れな女の心に潜む罪の残りを根こそぎにしようとしているのだ。女とともに聖書を読み、祈った。

「驚くべきことですよ」ある日の夕食時、デイヴィッドソンは三人に向かって語った。「本当に生まれ変わったのですから。夜陰《やいん》のごとく黒かった魂が、いまでは新雪かと見紛《みまが》うばかりに汚《けが》れなく真っ白い。私は自分が卑しく思えます。恐れを覚えます。罪をすべて悔いるあの姿は美しい。私など、あの服の縁に触れる価値さえありません」

「それでもサンフランシスコに戻すと？」マクフェイル医師が問いかけた。「アメリカの刑務所に三年ですよ。あなたが救ってやるものとばかり思ってましたが」

「たしかに。しかし、いいですか。必要なことなのです。彼女のために私の心が血を流さぬとでも？　彼女への愛は妻や姉妹に対する愛と変わりはしません。服役中、私も同じ痛みを感じることでしょう」

「くだらん」医師はたまらず大声を上げた。

「おわかりにならないのは、あなたが盲《めし》いているからです。あの女《ひと》は罪を犯した。ゆえに、罰を受けねばならない。何が待ち受けているのか、私も承知しています。飢餓、苦悶、恥辱です。彼女に、人への刑罰は神への供物なのだということを受け入れてもらいたい。喜びを持って受け入れてもらいたい。めったに得られぬ機会なのですから。神はとても優しく、とても慈悲深い」

声が興奮で震えている。口からほとばしる言葉がまともに発音できていない。

「私は一日ともに祈り、部屋に引き上げてからも祈ります。全身全霊を傾けて祈ります。イエスがこの恵みを彼女に与えてくださることを願って。彼女の心に罰への熱い願いを吹き込めば、放免すると言っても、いやだと答えることになるでしょう。服役という厳罰は、聖なる主の足下《そっか》に捧げる感謝の供物にほかならないことをわからせたい。主は彼女のために その命を捧げてくださったのですから」

毎日がゆっくりと過ぎていった。家中の人間が、階下で苦しむ哀れな女に気を奪われながら、ただならぬ興奮に包まれて過ごした。いわば女は生贄《いけにえ》である。血なまぐさい邪教の野蛮な儀式に供されようとしているのだ。女は恐怖で麻痺していた。ディヴィッドソンがいないと不安になる。勇気がわくのは一緒のときだけ。だから奴隷のようにすがりついた。やたらと泣き、そして聖書を読み、祈った。どうかすると疲れ果て無感覚になることもあった。そんなときは試練が心から待ち遠しくなった。耐え忍んでいる苦しみから一気に抜け出せると思えたからである。自分を責め立てている漠とした恐怖には、そろそろ耐えられなくなっていた。

罪を認め、見た目を飾ることにはかまわなくなった。髪はぼさぼさで、例の安っぽいドレッシングガウンをはおり、部屋の中をだらだらと歩き回っている。ネグリジェは四日間そのまま、ストッキングも穿いていない。部屋は乱雑に散らかっていた。

その間も雨はしつこく降り続いていた。さすがに天の水も涸《か》れるかに思われたが、どしゃぶりの雨がなおも降り注いだ。止むことなく屋根のトタンを叩くのが苛立たしい。何から何までじっとりと湿り、壁にも、床に置かれたブーツにも、白カビが生えた。夜は夜で、蚊が怒り狂ったように唸り続けるのでまんじりともできない。

「一日だけでいい。雨が止んでくれたら助かるものを」マクフェイル医師は言った。

全員が火曜日を心待ちにしていた。シドニーからサンフランシスコ行きの船が到着する。緊張も極限に達していたのだ。マクフェイル医師の場合、不運な女への憐れみも怒りも、厄介払いしたい気持ちを前に消え失せていた。避けられないことは受け入れるしかあるまい。船が出れば少しはせいせいするだろう。

ミス・トンプソンには総督配下の役人が船まで付き添うことになっていた。その役人が月曜の晩に訪れ、ミス・トンプソンに明朝十一時の待機を命じた。そばにいたデイヴィッドソンが言う。

「準備は万全にしておきます。私も船まで行くつもりです」

ミス・トンプソンは一言もしゃべらなかった。

ろうそくを吹き消し、蚊帳の中にそろそろともぐり込んだマクフェイル医師はほっとため息をついた。

「ふう、やっと終わる。ありがたい。明日のこの時間にはもういない」

「奥様もお喜びになるわね。ご主人、やつれ果てて見る影もないそうだから」夫人は言った。「まるで別人」

「誰が？」

「ミス・トンプソンよ。あんなふうになるものなのね。自分が小さく思える」

マクフェイル医師は答えなかった。ほどなくして眠りに落ちた。すっかり疲れ、いつもよりぐっすりと眠った。

朝方、腕に手が置かれて目が覚めた。がばっとはね起きる。ホーンがベッドのわきにいた。しーというように人差し指を唇に当て、手招きする。いつもならくたびれた麻をまとっているのに、今日は素足で、現地人が着る腰布しか身につけていない。野蛮に早変わりである。起き出すとき、ホーンが刺青《いれずみ》だらけなのに気がついた。ベランダへ、と合図される。ベッドを出てついていった。

「静かにお願いします」ホーンがささやく。「先生に用事が。コートを着て、靴を履いて。さあ」

最初に思ったのは、ミス・トンプソンに何かあったのかということだった。

「どうしたんだい？　診察器具を持っていくほうが？」

「とにかく急いで。早く」

　そっと寝室に引き返し、パジャマの上にレインコートをはおり、ゴム底の靴を履いた。ホーンのところに戻り、足音を抑えて階段を降りていく。道路に出るドアが開いていて、五、六人の現地人が立っていた。

「どうしたんだい？」繰り返すマクフェイル医師。

「こっちです」

　外に出て、ホーンのあとに従う。残りの連中が小さく固まって続いた。道を渡って浜辺に出ると、現地人たちの姿が見えた。水際にある何かを囲むようにして立っている。二、三十メートルほどを急ぐ。マクフェイル医師が近づくと道が空いた。ホーンに背中を押される。と、そこには半分ほど水に浸《つ》かったおぞましいものがあった。デイヴィッドソンの遺体である。緊急時にも冷静さを失うことのないマクフェイル医師は、かがみ込んで死体をひっくり返した。喉が耳から耳までざっくり切れている。右手には剃刀《かみそり》が握られたままだ。

「かなり冷たい。死んでからだいぶ経つな」

「若いのが仕事に行く途中で見つけ、私のところに来ました。自殺でしょうか？」

「ああ。誰か警察を」

ホーンが現地の言葉で何か言うと、若者が二人、その場を離れた。

「警察が来るまで遺体はこのままに」医師は言った。

「うちには運ばないようにしてください。ごめんです」

「当局の指示に従うことだ」医師の口調が厳しい。「もっとも、安置室に運ばれるだろうがね」

その場で待った。ホーンが腰布から煙草を一本抜き、マクフェイル医師にも勧めた。煙草をふかしながら死体を眺める。マクフェイル医師にはわけがわからなかった。

「なんでこんなことをしたんでしょう？」ホーンが疑問を口にする。

マクフェイル医師は肩をすくめた。しばらくすると、海兵隊員に指揮された現地人の警察隊がストレッチャーを運んできた。その直後に海軍将校が二人と軍医も来た。一同てきぱきと作業をしていく。

「夫人には？」将校の一人が言った。

「みなさんがいらしたので、着替えに戻ります。そのとき夫人に伝えましょう。この状態を見せるというわけには」

「そうですな」軍医が答えた。

マクフェイル医師が戻ってみると、妻の着替えはほとんど済んでいた。

「奥様がひどい心配のされよう」夫の姿を見てすぐに夫人は言った。「ご主人、床にも入ってないそうなの。二時にトンプソンさんの部屋から出る音は聞いたんですって。でも、そのまま出ていかれたみたい。それからずっと外だとすると間違いなく死んでるわね」

マクフェイル医師は事情を説明し、「奥さんに伝えてくれないか」と頼んだ。

「でも、なんでそんなことしたのかしら？」夫人はぞっとしたような声を出した。

「わからん」

「私にはできない。無理よ」

「無理でもだ」

妻がデイヴィッドソン夫人の部屋に入るのを聞いたマクフェイル医師は、少しのあいだ気を落ち着かせ、それからひげを剃《そ》り、顔を洗った。着替えを済ませ、ベッドに腰掛けて待つ。だいぶ経って妻は戻ってきた。

「ご主人に会いたいそうよ」

「安置室に運ばれた。同行したほうがいいだろう。反応はどうだった？」

「呆然としてる。泣かなかったけど。ただ、木の葉みたいにぶるぶる震えてるわ」

「行こう」

ドアをノックすると夫人が出てきた。顔は真っ青だが、目は濡れていない。マクフェイル医師には、落ち着きぶりが異様に思えた。言葉を交わすこともなく、三人とも黙って歩く。安置室に着くと、デイヴィッドソン夫人が口を開いた。

「一人で会わせてください」

わきによけると、現地人がドアを開け、夫人が入ったところで閉めた。夫妻は座って待った。白人の男が一人、二人やってきて、小声で話しかけてきた。マクフェイル医師はこの悲劇について自分の知ることを繰り返した。しばらくしてドアが静かに開き、夫人が出てきた。全員がしんとなる。

「大丈夫。行きましょう」

夫人の声はしっかりと落ち着いていた。その目つきにはマクフェイル医師の理解できないものがあった。青白い顔がとても厳しい。

三人は黙ったまま、のろのろと歩いた。しばらく行くと、カーブに差しかかった。道の向こうに家がある。デイヴィッドソン夫人がはっと息をのんだ。全員がその場で釘づけになる。轟音が耳に飛び込んできたのだ。長いこと沈黙していた蓄音器が鳴っている。ラグタイムを大音響で響かせていた。

「何なのあれは？」マクフェイル夫人が慄然として叫んだ。

「行きましょう」デイヴィッドソン夫人は言った。

入口の段々を上がり、玄関を入る。ミス・トンプソンが部屋の戸口に立っていた。船員と話をしている。何という変化だろう。ここ何日かの怯えた奴隷の姿は影も形もない。派手なのをありったけ身につけている。おなじみの白いワンピースを着て、つやつやしたブーツの上からは、綿のストッキングを穿いた脚がむっちりとはみ出している。髪は念入りにセットされ、けばけばしい花で飾られた例のむやみに大きい帽子をかぶっている。顔には化粧をし、眉はくっきり黒く、唇は真っ赤だった。背筋をぴんと伸ばしている。最初に見たあの厚かましいあばずれ女ではないか。三人が入ってくると、ミス・トンプソンはいきなり嘲《あざけ》るような高笑いを上げ、デイヴィッドソン夫人が思わず足を止めたところで、口に唾をためてぺっと吐き出した。あとずさりした夫人の頬にさっと赤みが差す。すぐに両手で顔を覆うと、夫人はそのまま走り出して階段を足早に駆け上がっていった。マクフェイル医師は逆上し、女を押しのけるようにして部屋に入った。

「何をやってるんだ」大声を上げる。「そいつを止《と》めろ」

蓄音器に近づき、レコードを引きはがした。ミス・トンプソンが向き直る。

「あら、先生《せんせ》、そんなことして。私の部屋で何されるおつもり?」

「どういう意味だ?」マクフェイル医師は叫んだ。「どういう意味なんだ?」

ミス・トンプソンがぐっと身構えた。そして、馬鹿にしきった表情を浮かべ、軽蔑まじりの憎しみを込めて答えた。

「男ってやつは! 汚らわしい豚! どいつもこいつも、みんな同《おんな》じさ。豚! 豚!」

マクフェイル医師は息をのんだ。わかったのである。

掘り出しもの

リチャード・ハレンジャーは幸せな男だった。世の拗《す》ね者たちは、幸せな人間などいないと言う。聖書は「伝道の書」をはじめ、大昔からそうである。だが、この不幸な世の中で幸せなのはそう珍しいことではない。珍しいとすれば、リチャード自身に幸せだという自覚がある点であろう。

古代に崇められた中庸の徳が流行《はや》らぬいま、中道を行くなら、克己《こっき》を美点とも、常識を美徳とも思わぬ連中から、やんわり馬鹿にされるものと覚悟せねばならない。リチャード・ハレンジャーの場合、そんなものは笑って軽く受け流した。危険な生き方をしたければするがいい。貴石のように眩《まばゆ》く燃えるのもけっこう。トランプの一手に財産を賭けるのも勝手。栄光か墓場かと綱渡りをするのも、大義、情熱、冒険に命を賭けるのもいいだろう。偉業で得る名声など羨《うらや》ましくはない。完全な失敗に終わっても憐れんでやる必要は感じなかった。

早合点してはいけない。手前勝手な男。無情な男。リチャードはそのどちらとも違う。思いやり深く、気前がいい。友の頼みに応じる気構えはできており、随意に人助けできるくらいの資産もあるのだ。自由になる金が多少あり、内務省では相応の俸給がもらえる地位に就いている。自分にはぴったりの仕事だった。規則正しく、やりがいがあり、楽しい。退庁後は毎日、なじみのパブに行き、二、三時間ブリッジをする。土日はゴルフ。長期休暇には海外へ出かけ、一流ホテルに泊まり、教会、画廊、美術館を回った。芝居は必ず初日。外食が多い。友人からの人気を集めている。話がしやすく、博覧強記、面白みがあるのだ。それに、何と言っても、見た目がよかった。抜群の二枚目というわけではないけれども、背はすらりと高く、姿勢は真っ直ぐ、細《ほそ》面《おもて》に知性が見える。五十歳に近づき髪は薄くなってきたが、茶色い目は笑みを絶やさず、入れ歯は一本もない。生まれつき頑健で、自己管理も怠らなかった。幸せなのは当然至極なのである。本人に少しでも思い上がった気持ちがあるならば、こう嘯《うそぶ》くのではあるまいか。幸せなのは仕方がない、と。

さらに幸運な点がある。結婚生活という波荒い危険水域を難なく渡りきったのだ――頭も心もある多くの男たちが座礁しているというのに。二十代前半に恋愛結婚をした夫妻の心は、至福に近い数年ののち、少しずつ離れていった。どちらもほかに結婚したい相手がいるわけではなく、離婚は考えなかった。だいたい、政府機関で働くリチャードにしたら、離婚は望ましくない。都合を考えたうえで、顧問弁護士の助けを借り、別居となった。これで相手に気兼ねすることなく、好き勝手に暮らせる。誠意を示し合って、別れた。

リチャードは、セント・ジョンズ・ウッドの屋敷を売り、官庁街に徒歩で通えて便利なフラットを借りた。蔵書の並ぶ居間。持ち込んだチッペンデールの家具がぴたりと収まった食堂。一人で寝るにはお誂《あつら》え向きの寝室。キッチンの奥にメイド用の部屋が二つある。雇って長い女の料理人は連れてきたが、もう大所帯にする必要はないので、残りには暇を出した。そこで職業紹介所に赴き、給仕などをしてくれるメイドの斡旋《あっせん》を頼むことにした。自分の望みは熟知している。所長に条件をきっちりと伝えた。

あまり若いのはいけない。若い女性は気まぐれだから。それに、自分は道理のわかる年齢になり節操は守れるが、とかく世間は口さがない。それでなくても、門番や商売人がいる。双方の評判という点を考えると、分別ある年頃の女性が好ましい。あとは、銀製の食器類をぴかぴかにできること。昔から年代物の銀製品を愛好してきた。

アン女王の時代に貴婦人が使用したフォークとスプーンともなれば、当然、丁重に扱ってもらわねば困る。もてなすのが好きだから、最低でも週に一回、四人から八人の客をささやかな晩餐に招待するつもりだ。客が舌鼓を打つ料理は料理人にまかせるとして、メイドにはてきぱきと給仕してもらいたい。

それから、衣服等の管理は完璧に願う。年齢と身分に相応のきちんとした身なりをするので、服の手入れは入念に。ズボンのプレス、ネクタイのアイロンがけは必須の条件であり、靴磨きにはとりわけうるさい。足が小さいから、形のいい靴の入手には苦労しているのだ。手持ちは多く、脱いだそばから木型をはめてもらうことになる。最後に、部屋は整理整頓、清潔を保った状態にしておかなくてはならない。立派な品格、謹厳実直、信頼性、見た目のよさは言うまでもない。以上が満たされれば、相当の給金、適度な自由時間、十分な休暇を約束しよう。

瞬《まばた》き一つせずに聞き、「当方におまかせくださいませ」と請け合った所長から、候補者が次々に送られてきた。条件などまるっきり無視である。一人一人と面談してみれば、いること、いること。無能、不良、老婆、少女。肝心の風格がないのもいた。試してみる気にもならない。親切で律儀な男だから、笑顔を浮かべ、「ご縁がなかったようです」と断った。癇癪《かんしゃく》は起こさない。これぞというのが見つかるまで探し続けるつもりだった。

人生というのは面白い。最高しか受けつけないと言えば、その最高が転がり込む。間に合わせをあくまでも拒むと、どういうわけだか、望みのものがたいがい手に入る。運命の女神が、「完璧を求めるところが完璧な馬鹿」と言いつつ、いかにも女らしいわがまま、その完璧を膝の上にぽんと投げてよこす。そんな感じである。

ある日のこと、だしぬけにフラットの門番が言った。

「メイドをお探しだと聞きました。知り合いに仕事を探しているのがおりまして、お役に立つかもしれません」

「君の推薦かね？」

リチャードには健全な考えがあった。雇う側より雇われる側に紹介された人間のほうが貴重である。

「しっかりしているのは確かです。立派なところで働いてきましたので」

「七時あたり、着替えに戻る。その時間でよければ会ってみよう」

「承知しました。そう伝えます」

帰宅して五分もしなかった。玄関のベルに出た料理人が、門番の話にあった人物の来訪を告げた。

「お通しして」

もう少し部屋を明るくする。これで当人の様子がわかるだろう。立ち上がり、暖炉を背にして立つ。女が入ってきた。戸口のところで畏《かしこ》まっている。

「よく来てくれた。名前は？」

「プリチャードです」

「年齢は？」

「三十五歳です」

「なるほど。年齢はいい」

煙草をふかし、おもむろに視線をやる。背は高め。自分と同じくらいか。ハイヒールのせいだろう。黒の服装が身分に合っている。身ごなしも立派。目鼻立ちは好ましく、血色も相当によい。

「帽子を取って」

すると薄茶の髪が現れた。きちんと整え、似合っている。丈夫で健康そうだ。痩せても、太ってもいない。しかるべき制服を着せれば人前に出せるだろう。困るくらいの美貌というわけではないが、魅力はある。使用人の世界でなら美人ということになるのかもしれない。

質問を続けた。満足のゆく答えが返ってくる。前の職場を辞めた理由にも文句はない。執事の下で修業をした経験があるというから、職務はよく心得ているだろう。最後の職場では三人いるメイドの頭《かしら》を務めていたという話だが、ここを一人で切り盛りするのはかまわないらしい。さる紳士の世話をした際には、プレスの仕方を習いに仕立屋へ行かされたという。気後れしている感はあるが、怯《おび》えや不安は見られない。例のごとく悠然とした愛想のよい態度で質問をしていくと、慎ましやかに答える。感心した。見せてもらった推薦状も非の打ちどころがない。

「さてと。君を雇いたいとは思う。ただ、私は変化が嫌いでね。料理人も十二年。おたがいに満足ということになったら、長くいてもらいたい。要するに、三、四カ月して、結婚するのでお暇を下さい、では困るのだ」

「ご心配にはおよびません。以前、夫がおりました。わたくしのような立場の人間は、さして結婚には惹《ひ》かれないものなのです。夫は、結婚してから亡くなるまで一度たりとも働かず、やむなくわたくしが養いました。いまは、立派なご家庭にお仕えしたいと思っております」

「君の意見には賛成だ」そう言って、微笑む。「結婚は素晴らしい。だが、癖になってはいかん」

同意も反対もしないところなどまったくそつがなかった。採用の是非をただ待っている。心配はしていないらしい。働き口などすぐ見つかると思っているなら、見かけに劣らず有能だということになる。給与額を告げると、納得の様子を見せた。仕事についての必要事項を伝えると、「すでにうかがっております」という返事。あらかじめ調べてから応募したということか。驚くより面白く思った。慎重になっているわけだ。良識もある。

「雇った場合だが、いつから入れるかね？　いま人手が足りない。料理人が何とかやってくれている。掃除婦と。とにかく、一刻も早く決めてしまいたい」

「じつは……一週間の休みを、と考えておりましたが、紳士からのお頼みということでしたら、取り止めにいたしてもかまいません。よろしければ、明日から始めさせていただきます」

リチャード・ハレンジャー、得意の魅力的な笑顔を見せる。

「休暇をなしにとは言えない。楽しみにしていたのだろうから。あと一週間ならこのままでも大丈夫。休暇をお取りなさい。終わってから頼もう」

「ありがとうございます。来週の明日ということでよろしいでしょうか？」

「かまわんよ」

一人になると、一日分の仕事をしたという気になった。望みどおりのものが見つかったというところか。料理人のジェディ夫人を呼び、メイドがようやく決まったと告げる。

「旦那さまもお気に召しましょう」ジェディ夫人は言った。「今日の午後にあの人が来て、ちょっと話していきました。すぐにわかりましたよ。仕事ができるって。気まぐれな連中とは違います」

「とにかく使ってみよう。私のことはいいように言ってくれただろうね？」

「そうですわねえ、旦那さまは几帳面な紳士だと申し上げました。きちんとしていないのを嫌がられる、と」

「まあ、それはそうだが」

「かまわないそうですよ。万事に心得のある紳士がいい。ちゃんとやっても、気づかれないのでは意味がない。そう言ってました。きっとここの仕事を誇りに思うことでしょう」

「そう願いたい。期待しすぎてがっかり、ということもあるが」

「ほんと、おっしゃるとおりです。あとは実際の仕事ぶりを見ていただくしかありません。こう申しては何ですけど、掘り出しものになるかもしれませんよ」

そのとおりだった。プリチャードに勝る奉公人はいない。靴磨きの腕は抜群である。ある日など、靴に自分の姿が映りそうで、仕事に出る足取りがいっそう軽くなった。服の世話も行き届き、しまいには同僚から官庁きっての「ベストドレッサー」と茶化される始末である。たまたま帰宅したときには、浴室に靴下とハンカチを並べて干してあった。プリチャードを呼ぶ。

「靴下とハンカチは君が洗濯を？　そんな暇などないと思ったが」

「クリーニングに出すと傷めます。差し支えなければ、家で洗いたいと思います」

どんな場合でも、主人の着るべき服を心得ている。ディナージャケットと黒のネクタイなのか、モーニングコートと白のネクタイなのか、言われなくても選べる。パーティで勲章の佩用《はいよう》が必要なときは、上着の折襟に最初からきちんと並んでいる。朝も、しようと思っていたネクタイがすでに用意されているから、そのうちに自分で選ぶのはやめてしまった。趣味もよかった。

手紙を盗み読みしているのかと思うほど、こちらの行動はすべて把握していた。何かの時間を忘れても、手帳を見るにはおよばない。プリチャードに訊《き》けば済む。電話の応対にも間違いはない。商売人相手だと居丈高《いたけだか》になる以外、文学の仲間か、閣僚の奥方かで微妙な差はあれど、つねに丁寧だった。こちらが話したいと思う相手なのかどうか、直感が働くらしい。落ち着き払った口調で本人の不在を伝えているのが聞こえてくるような場合があり、そんなときには終わると居間に来て、「＊＊様からのお電話でしたが、お取り次ぎしないほうがよろしいかと判断いたしました」と言う。

「けっこう」リチャードは笑顔を見せる。

「音楽会のことでしつこくされるだけのご婦人かと思いまして」

仲間たちはプリチャード経由で約束をすることになった。夜、帰宅すると、対処の内容が報告される。

「ソームズ夫人から電話がありました。八日の木曜日、昼食のお誘いです。ヴァーシンダー卿の奥様と食事の予定、と答えておきました。あと、オークリー氏からもお電話がありました。今度の火曜日、六時、サヴォイのカクテルパーティの件です。参加も考えられますが、歯医者に行かれるかもしれません、と答えました」

「けっこう」

「当日のご判断と考えたものですから」

フラットはいつもぴかぴかの状態になっている。プリチャードの勤めが始まってまもなくのことだった。休暇を終えて帰宅したリチャードは、本棚から本を抜き取った瞬間、ほこりが払ってあるのに気がついた。ベルを鳴らす。

「言い忘れたことがある。留守中、どんなことがあっても蔵書に触れてはならない。ほこりを払うのはけっこう。だが、元の場所に戻された例《ためし》がないんでね。汚れよりも、見つからないほうが困る」

「申し訳ございません。几帳面な殿方もいらっしゃるので、どれも間違いなく戻したはずなのですが」

リチャードは蔵書を一瞥《いちべつ》し、すべてがあるべき場所に収まっているようなので笑みを浮かべた。

「こちらこそ申し訳ない」

「ほこりまみれだったものですから。開《ひら》くと手が真っ黒になってしまいます」

なるほど銀器もこれまでにない最高の状態にしてある。とくに褒めてやらねばなるまい。

「大半がアン女王とジョージ一世の頃のものでね」と教える。

「承知しております。かような名品を扱う場合、しかるべき状態にしたいものです」

「どうやらこつがあるに違いない。君みたいにしてくれる執事はいなかった」

「男性には女性の根気がありませんから」慎ましい答えが返ってきた。

　プリチャードが落ち着いてきたところで、希望していた週に一度のささやかな夕食会を再開した。給仕役が務まるのは知っていたが、パーティの仕切りもうまいとわかり、温かな喜びがわいた。黙ってかいがいしく働く。客人の望みを察知するや、そばにいて所望の品を差し出している。主人のごく親しい友人の好みはすぐに覚えてしまい、ウイスキーにはソーダではなく水なのは誰か、ラムのすね肉に目がないのは誰か、忘れることがなかった。白ワインの冷やし加減、部屋に出したクラレットの香りが引き立つまでの時間も承知している。ブルゴーニュを注《つ》ぐとき、ボトルの底にたまった澱《おり》を動かさないようにする。うれしいではないか。頼んだのとは違うワインを出されたときもそうだ。少しばかりきつく言うと、こう返された。

「栓を開けましたら、わずかにコルク臭が。それでシャンベルタンに変更しました。そのほうが間違いもないかと」

「けっこう」

すぐにこの方面はまかせきりにしてしまった。客のワインの好みを知悉《ちしつ》しているようなのだ。味のわかる客が相手だと、こちらが命じなくても、ワインセラーで最高の品や年代物のブランデーを出す。女の舌は信用していないのか、女性客がいると、飲まないと気が抜けてしまうシャンペンのことが多い。いかにもイギリスの召使らしく、出自の違いは直感で見抜き、紳士か否かの判別に地位や金で目が曇ることはなかった。

一方、主人の友人にいろいろとお気に入りがいて、とくに贔屓《ひいき》の客が食事をしていると、主人が大切にしまっておいたワインを澄まし顔で注ぐ。これがリチャードには受けた。

「プリチャードの思し召《おぼ》しありだぞ、君」声を張り上げる。「これはめったに出ない」

プリチャードは名物になった。理想のメイドという噂がたちまち広がる。ほかのことはいざ知らず、プリチャードだけは誰もが羨ましく思った。値《あたい》千金、貴重このうえなし。称賛の言葉にリチャードは一人で浮かれた。

「主人が優秀なら召使も優秀」と、はしゃぐのだった。

ある晩のことである。プリチャードの退室中、ポートワインを飲みながら彼女の話になった。

「痛手だろう。辞められたら」

「なぜ辞める？　引き抜きを狙うのもいたが、はねつけた。恵まれた場所はご承知さ」

「じき結婚だよ」

「そういうタイプじゃない」

「見目麗しい」

「まあ、たしかに悪いことはない」

「何を言ってるんだ、絶世の美女だぞ。階級が違えば、社交界の花形として知れ渡る。新聞に写真が満載でな」

プリチャードがコーヒーを持って入ってきた。じっくりと観察してみる。一日に何度か顔を合わせるというのが続いて四年。まったく、時の経つのは早い。見た目などすっかり忘れてしまっていた。初対面のときからさほど変わりはないようだ。肉が付いたわけではなし、血色のよさもあいかわらず。熱心なのか、無心なのか、整った顔立ちに浮かぶ表情も同じ。黒の制服がなじんでいる。プリチャードは部屋を出ていった。

「使用人の鑑《かがみ》だね。間違いない」

「だと思う」リチャード・ハレンジャーは答えた。「完全無欠。いなくなったらお手上げだろう。ところが、だ。不思議なことに、あまり惹かれない」

「なぜ？」

「いささか面白みがない。ほら、しゃべらんだろ。いろいろ話しかけてはいる。話せば答えるんだ。で、おしまい。この四年、向こうから言葉を発したことはない。どういう人間かまるで知らんよ。気に入ってくれているのか、関心などないのか、それさえわからない。まるで機械だな。尊敬も、感謝も、信頼もしている。世の美質に欠けるところはない。なのに、さっぱり関心がわかないのはなぜか。何度も考えてみた。魅力がゼロの女に違いあるまい」

話はそこまでだった。

それから二、三日後のことである。プリチャードの外出日だった。そこで、用事のないリチャードはクラブに向かい、一人で食事をした。するとボーイがやってきて、「ご自宅からお電話がありました。鍵をお忘れだそうで。タクシーにて届けさせましょうかとのことです」と言う。ポケットに手を突っ込んでみる。そのとおりだった。紺サージのスーツに着替えたときにうっかり入れ忘れ、そのまま夕食に出てきたものらしい。ブリッジをするつもりでいたが、今宵のクラブは閑散としており、まともなゲームは見込めない。ちょうどいい、評判になっている映画を見るか。ボーイに「三十分したら鍵を取りに帰る」と返事をさせた。

フラットでベルを鳴らすと、ドアを開けたのはプリチャードだった。鍵を手にしている。

「おや。外出日じゃなかったかね?」

「はい。ですが、気分が乗らないので譲りました」

「出られるんだから」いつものように思いやりを込めて言った。「こもりきりはよくない」

「用事の外出はありますので。ここ一カ月は夜の外出はしておりませんが」

「またどうして？」

「その、一人で出かけてもあまり楽しくはありませんし、かといって、とくに付き合ってもらいたい人もおりません」

「たまにははめをはずさないと。気晴らしになる」

「どういうわけか、そういう習慣もなくなりました」

「そうだ。いまから映画に行く。一緒にどうだい？」

ふと親切心から出た言葉だった。言った瞬間、多少の後悔を感じた。

「はい、喜んで」

「急いで帽子を取ってきなさい」

「すぐ戻ります」

プリチャードが姿を消したところで居間に入り、煙草に火を点《つ》けた。こんなことをする自分が少し愉快に思える。得意でもある。たいした手間もかけずに人を幸せにできるのだからまんざらでもない。驚きも迷いもしないところがいかにも彼女らしかった。五分ほどで戻ってきた。着替えている。レーヨン製らしき青のワンピースに、青のブローチ付きの小さな黒い帽子。首にはシルバーフォックスのファーを巻いている。

これを見て胸を撫《な》で下ろした。貧相でも、派手でもない。内務省の高官がメイドを連れて映画とは思われまい。

「お待たせしました」

「かまわんよ」鷹揚《おうよう》に答える。

正面のドアを開けてやると、先に出た。ルイ十四世が廷臣に待たされそうになったというあの有名な逸話を思い出す。ためらうことなく先に出てくれたので助かった。目指す映画館はそう遠くないので、歩くことにする。天気、道路状況、アドルフ・ヒトラーの話をすると、それらしい答えが返ってきた。到着すると、ちょうどミッキーマウスの映画が始まるところだった。二人とも陽気な気分になった。召し抱えて四年、プリチャードの微笑さえまともに見たことがないリチャードは、元気な笑い声が聞こえてくるたびにうれしくてたまらなくなった。楽しんでいると思えば心も踊る。目当ての映画がスクリーンに映し出された。作品は面白く、二人は息も継がずに見入った。煙草を吸おうかとシガレットケースを取り出したリチャードは、何気なく隣にも差し出した。

「ありがとうございます」プリチャードはそう言って一本抜いた。

火を点けてやったが、目はスクリーンに向けたままで、こちらの心配りに気づいた様子はほとんど見えなかった。

映画終了後、人波に揉《も》まれるようにして通りへと出た。帰りも歩く。星の輝く夜だった。

「面白かった？」

「とても。大満足です」

ふと思いついた。

「そう言えば、夕食は食べたのかい？」

「いえ。時間がなくて」

「お腹《なか》は空いてる？」

「帰ったらパンとチーズがありますので。それとココアも」

「それはちょっと侘《わび》しい」あたりには明るい雰囲気があり、行き交う人たちの心も浮き立っているかに見える。乗りかかった船だ。「どうだろう、食事でもしていかないか？」

「よろしければ」

「行こう」

タクシーを呼び止める。自分がたいした博愛主義者に思えた。いやな気分ではない。運転手に、オックスフォード・ストリートにあるレストランの名前を告げる。賑やかな場所だが、知人に会う恐れはない。オーケストラがいて、ダンスができる。見たら喜ぶだろう。

席に着くと、ウェイターがやってきた。

「セットメニューの食事がある」と教える。気に入るだろうか。「それをいただこう。飲み物は何にする？　白ワイン？」

「できましたら、ジンジャービールを」

自分にはウイスキーソーダを頼む。相手の旺盛な食べっぷりを見て、空腹ではなかったが、遠慮させないように自分も食べた。見たばかりの映画が共通の話題となる。先夜の話は本当だった。顔立ちは悪くない。これなら一緒のところを見られても大丈夫。名花プリチャードを映画ばかりか夕食にも連れ出したと知ったら、連中も大喜びだろう。踊る人たちを見ているプリチャードの口元がかすかにほころんでいる。

「ダンスは好きなのかい？」

「若い頃は達者でしたが、結婚してからあまり踊らなくなりました。夫よりも少し背が高かったもので。男性のほうが高くないと、あまり見栄えがよろしくないと思うのですが、いかがでしょう？ そのうちに年で踊れなくなります」

リチャードのほうが明らかに背は高い。これなら見栄えに問題はなかろう。ダンスは好きだ。下手でもない。だがリチャードはためらった。誘って気まずい思いはさせたくない。やはり限度が肝心である。いや、そんなことはない。彼女は味気ない人生を送っている。頭がいいから、不適切と思えば、うまく断ってくれるに違いない。

「一つどうだろう？」バンドの演奏が再開されたところで誘う。

「全然だめなんです」

「かまうもんか」

「それでもよろしいのでしたら」プリチャードは冷静に答えて、立ち上がった。

恥ずかし気な様子はまるでない。ただ、ステップについていけるかどうかを心配している。そろってフロアに出て、踊る。うまい、とリチャードは思った。

「これは、これは。完璧」

「思い出してきました」

大柄な女性だが、ステップは軽く、天性のリズム感があった。踊っていて心地よい。リチャードは、壁に巡らされた鏡にちらっと目をやった。似合いのカップル。鏡の中で目が合った。同じことを考えているのだろうか。続けて二回踊ってから、「帰ろう」と促した。

料金を払い、外に出る。プリチャードはまわりを気にする素振りも見せず、人ごみを縫うように歩いていく。タクシーに乗り、十分後には家に到着した。

「裏から入ります」

「そんなことはしなくていい。エレベータに乗りなさい」

乗せながら、夜勤の門番に冷たい一瞥をくれる。これで、遅めの時間にメイドと帰ってきたのを不思議には思うまい。鍵を開け、先に中へと入れた。

「今夜はありがとうございました。親切にしていただいて。では、おやすみなさいませ」

「いや、こちらこそ。一人だったらつまらん夜になるところだった。楽しかったかい？」

「それはもう。言葉になりません」

成功だった。リチャードは、自分という人間に満足を覚えた。温情あふれる行いをしたのだ。人に大きな喜びを与えるというのもなかなか悪くない。おのれの善行に気持ちが優しくなり、一瞬、全人類に対する無上の愛を感じた。

「おやすみ、プリチャード」そう言うと、幸せないい気分に誘われ、相手の腰に片手を回し、唇にキスをした。

とても柔らかな唇だった。しばし重なる二人の唇。キスが返ってきた。みずみずしい旬の女性を温かい心で抱きしめるとはこういうことなのか。何という喜び。もう少しだけ引き寄せる。するとプリチャードが首に腕をからめてきた。

平素はプリチャードが手紙を持って寝室に入ってきたところで目覚める。ところが、今朝は七時半に目が覚めた。覚えのない妙な感じがする。寝るときはいつも枕を二つ重ねるが、ふと気がつくと、一つ足りない。あっと思い、とっさに横を見た。枕はあるが誰もいない。助かった。ただ、寝た形跡がある。愕然《がくぜん》となった。冷や汗が吹き出す。

「あー、何てことを！」大声を上げた。

なんでこんな馬鹿なことを？　何を血迷った？　いつから使用人に手を出す男に？　年甲斐もなく恥ずかしい。立場を考えろ。出ていく音を聞いていないということは、熟睡していたか。そんなに好きでもないのに。タイプじゃない。だいたい、この前の夜、やけに面白みのない女と言ったばかりではないか。いまだにプリチャードという姓しか知らない。名は見当もつかない。この馬鹿たれ！　これからどうなる？　こんな状況には耐えられない。もちろん辞めてもらう。しかし、おたがいさまなのだから、お払い箱というのは一方的にすぎる。一時の過《あやま》ちで最高のメイドを手放すことになるとは！

「おのれの優しい心が憎い」呻《うめ》き声が上がる。

服の世話に手抜かりはなく、銀器もきれいに磨く。あんなのはもう見つかるまい。友人の電話番号はすべて覚えてくれ、ワインにも精通している。それでもやはり置いてはおけない。こうなった以上、元どおりは無理だと本人にもわかるだろう。餞別《せんべつ》をはずみ、立派な推薦状を書いてやるとしよう。

そろそろ入ってくるぞ。からかわれるのか。なれなれしくされるのか。いや、もったいぶるかも。下手をしたら、手紙を持ってこないことだってありうる。やむなくべルを鳴らすと料理人のジェディ夫人が登場、などとなったらえらいことだ――「プリチャードが起きてきません。昨夜から寝たきりでございます」

「何てことを！　この卑劣漢が！」

ドアをノックする音がした。不安で吐きそうになる。

「どうぞ」

リチャード・ハレンジャーはまことに不幸な男だった。

時計が時を告げるのと同時にプリチャードが入ってきた。早い時間によく着ているプリント地のドレスだ。

「おはようございます」

「おはよう」

プリチャードはカーテンを開け、主人に手紙と新聞を渡した。無表情である。見た目はいつもとまったく変わらない。悠々としながら手際がよいのもあいかわらずだ。視線を避けるのでも、視線を合わせようとするのでもない。

「グレーのスーツにされますか？　昨日、仕立屋から戻ってきました」

「そうしよう」

手紙を読むように見せかけて、上目使いで動きを追う。背をこちらに向けていた。シャツとズボン下を椅子の背に掛ける。前の日に着ていたワイシャツからカフスボタンをはずし、洗い立てのワイシャツにはめる。きれいな靴下を出し、これに合う靴下留めと並べて椅子の上に置く。それからグレーのスーツを出すと、ズボンの後ろボタンにサスペンダーを取りつけた。クローゼットを開け、ちょっと考えてから、スーツに合うネクタイを選び出した。前日のスーツを腕に掛け、靴を拾い上げる。

「すぐお食事になさいますか？　それとも、お風呂を先になさいますか？」

「食事にしよう」

「承知いたしました」

いつもの悠揚とした物腰のまま、怯《ひる》むふうもなく部屋を出ていった。表情はいつもと変わりがない。妙に真面目で、恭《うやうや》しく、無心だった。あれは夢だったのかもしれない。昨夜のことなどまるで覚えていないようだった。安堵のため息をつく。これなら大丈夫。辞めさせずに済む。辞めさせずに。至れり尽くせりのメイドだ。主従の一線を越えてしまったと匂わせる言動は見せまい。リチャード・ハレンジャーはまことに幸せな男だった。

解説

木村政則

〈モームを洗い直す〉

数あるモームの短編から、「ミステリ」をキーワードに六編を選び一冊にまとめたのが本書である。とはいえ、いわゆる「謎とき」が中心となる作品を集めたわけではない。ここには、短編集『アシェンデン』(一九二八)のような諜報員も出てこなければ、灰色の脳細胞を持つ名探偵も登場しない。「ミステリ」という語の意味を大きく広げ、その中でモーム文学の面白さを余すところなく披露しようというのが本書の狙いである。そこで、以下の六作を用意した(初出年、所収短編集のタイトルと出版年を記す)。

ジェイン(一九二三、『第一人称単数で書かれた六つの物語』一九三一)
マウントドレイゴ卿(一九三九、『処方は前に同じ』一九四〇)

パーティの前に（一九二六、『カジュアリーナの木』一九二六）
幸せな二人（一九四七、『環境の動物』一九四七）
雨（一九二一、『木の葉のそよぎ』一九二一）
掘り出しもの（一九三四、『処方は前に同じ』一九四〇）

「謎とき」ではない、と書いた。しかし、ここに収められた短編は、広義の「推理小説《ミステリ》」に分類が可能なものばかりである。地味な初老女が若い相手との再婚を機に社交界の花形へと大変身するかと思えば、自分が見た奇妙な夢が他人に知られているのではと思い悩むエリート議員が登場し、病死だと思われた夫の死の真相が明らかにされ、女性資産家の死に毒殺の疑いがかかり、雨降る南洋の島で堕落した女と激しく対立する厳格な宣教師に思わぬ悲劇が訪れ、そして、地位も名声もある紳士と美人メイドのあいだに何かが起きる……。

まずは、こういった物語の面白さを純粋に楽しみたい。優れた物語作者としてのモームが確認できるだろう。もちろん、彼一流の味わい深い人間観やぴりっとしたユーモアも存分に味わえる。しかし、そこで楽しみが終わるわけではない。モームの文学には、様々な「謎《ミステリ》」が隠されている。つまり、読者は探偵となって、作品に残された証拠を洗い直さなければならない。そして、謎が解き明かされたとき、作品に潜む別の顔が現れ、さらにはモームの素顔まで見えてくることになる。

〈皮肉屋モーム〉

モームはよく皮肉屋だと言われたらしい。人間を悪く描きすぎるという非難の意味からだった。しかし、モーム自身はその批判が不当だと考え、生来の冷静な観察者として人間の裏面を見抜き、それを正直に作品へと転写しただけなのだ、と反論している。人間というのは、偉大と卑小、美徳と悪徳、高貴と下劣という具合に、相反する要素を併せ持ちながら何とか調和を保っている存在にすぎない。モームが行ったのは、ほかの作家たちが否定的に捉えた側面を色濃くしただけのことである。むろん、モームの意図を正しく把握した人たちもいる。例えば、短編「雨」の名訳者である中野好夫は、『サマセット・モーム研究』(一九五四)の中で、矛盾した人間性のことを「永遠の謎なるものとしての人間の魂」と呼んだ。何よりもモーム文学の根底には、人間の不可解さという意味での「ミステリ」が横たわっている。

本書に収録されたどの短編を見ても、人物の構図に大きな変わりはない――単純に理解できそうな人物が不可解さを露呈させ、周囲の人たちを驚かせる。もっとも印象的な人物は、「雨」における宣教師デイヴィッドソンであろう。あるいは、「パーティの前に」のミリセントか。こういう南洋を舞台にした作品では、一見したところ破綻のない人物が、本国では抑圧できていた情熱を思いもよらない暴力的な形で一気に噴出させる。その強烈な勢いに、周囲の人間が怯《ひる》む。そればかりか、作中人物たちを冷静に観察していた読者も圧倒される場合がある。

一方、「ジェイン」や「掘り出しもの」といったユーモアのある作品では、作中人物の隠されていた内面がそれほど簡単には見えてこない。語り手の慎重な言葉遣い、人物同士のさして意味もなさそうな会話などから見え隠れする程度である。例えば、「掘り出しもの」の場合、プリチャードという女性は、紳士に仕えるのを無上の喜びとするだけのメイドにすぎないのか。はたまた、「ジェイン」に登場するファウラー夫人は、田舎で静かに暮らすのに飽きたから再婚をするだけなのか。読者は、残された手掛かりから、各人物に潜んでいるかもしれない深層心理を探り出さなくてはならない。

思い返せば、小説家としてその名声を世界に轟《とどろ》かす以前のモームは、優れた喜劇作家としてロンドンの演劇界に君臨していたのだった。「ジェイン」や「掘り出しもの」といった作品は、劇作家モームの魅力を伝えてくれる最高のサンプルである。理屈は抜きにして、ロンドン社交界の雰囲気に浸り、どこか癖のある人物たちが交わす洒落た会話を楽しもうではないか。ふと気がつけば、少しずつ微妙なずれを見せていく会話の妙に腹を抱えて大笑い、となること請け合いである。

〈技巧を凝らす〉

回想録『サミング・アップ』(一九三八)によると、モームが短編を書き始めたとき、イギリスの文学界ではロシアの劇作家チェーホフの影響を受けた作品が流行っていたという(キャサリン・マンスフィールドの「園遊会」など、その代表例である)。短編小説家としてのチェーホフを「とても巧み」であると評価したモームだったが、そこには「限界」もあると指摘している。例えば、食卓で話せば受けるような起伏に富んだ話を形よくまとめて提示することがない点、陰気な雰囲気、きちんと個性化されていない作中人物など。こういう流儀で書かれた「チェーホフ風」の作品にモームは逆らった。範としたのは、若い頃から親しんでいたモーパッサンである。このフランスの小説家にならって書くならば、チェーホフと対極の方法が採用されることになるだろう。すなわち、モームが言うように、物語は「明快、直截《ちょくせつ》、効果的」に語られねばならない――ありていに言えば、物語は起承転結を備え、最後にきっちりとしたオチを持たねばならない。こういう堅牢な枠組みの中で不可解な人間を描くのに最適なジャンルは何か。それこそ「推理小説《ミステリ》」であろう。

推理小説の愛読者だったモームは、南洋を舞台にした短編でその枠組みを好んで利用した。本書に収録した作品ならば、「パーティの前に」が好例となるだろうか。この短編で核となっているのは、ミリセントが語る過去である。南方駐在員の妻となった彼女は、秘密を隠し持っていた夫に対してある行動に出る。衝撃の真実に至るまでの物語だけでもミステリとして十分に面白い。ところが、モームはここに技巧を凝らした。外側にミリセントの実家、スキナー家の物語を配置して入れ子の構造にしたのである(名短編「赤毛」など、モームはこの構造を巧みに利用する作家だった)。しかも、短編全体の最初と最後に、スキナー夫人の帽子、ミリセントの妹であるキャスリーンの似たような台詞を配置して、物語の枠組みを補強している。起伏に富む劇的な話をきっちり収めてみせたモームが、モーパッサンの教えに正しく従っていることは間違いない。

〈経験の暗号化〉

モームは、実体験を基盤に作品を生み出した。想像力が乏しいから生身《なまみ》の人間を悲劇なり喜劇なりに放り込むのだと言っている。このような創作法は、モームが『人間の絆』(一九一五)に対して使った言葉を借用して、「自伝的」と呼ぶことができるだろう。実人生のまる写し、という意味ではない。あとで詳述するように、モームの人生には秘密が多かった。「自伝的」な創作というのは、その秘密をそれとはわからないように作品へと溶かし込む作業を指している。経験の暗号化、とでも言えようか。モームにとって作品とは、「おのれの秘密を語りながらも露呈させることのない」場所、自身の「秘密」を溶解させるべき空間であった。つまり、作品自体が「ミステリ」として存在しているのである。

と、ここまで述べてきたが、新発見を吹聴しているつもりはない。前出の『サマセット・モーム研究』にこんなことが書かれている――「はりのある人生」を生きることに賭けた「人間としてのモーム」に「面白さ」があり、モームの小説はその「面白さ」が反映された「大人の小説」である。

ならば、モームの「はりのある人生」とはいかなるものだったのか。モームの人生にはなぜか秘密が多かった。作家の存命中、その解明を目指して伝記の執筆を考えた研究者もいたようだが、「私ごときの人生は間違いなく退屈になります」と拒まれた。ところが、今世紀に入り、ジェフリー・マイヤーズの『サマセット・モーム』(二〇〇四)およびセリーナ・ヘイスティングズの『サマセット・モームの秘められた人生』(二〇〇九、ともに未邦訳)が出版され、人間モームの「面白さ」が鮮明になった。となれば、作品が隠し持つ「面白さ」の質も変わってくるだろう。その具体的な「面白さ」の変化に関してはあとで述べることにして、まずはモームの「秘められた人生」を振り返ってみなくてはならない。

〈作家で成功、結婚で失敗〉

モームの人生が「退屈になる」わけはあるまい。そもそも誕生の時点からある種の複雑さがつきまとっていた。ウィリアム・サマセット・モームは、一八七四年一月二五日にパリで生まれた。ただし、事務弁護士だった父親ロバート・オーモンド・モームが顧問をしていた英国大使館で産声《うぶごえ》を上げたため、イギリス領土の生まれとなった。

フランスでの生活は至福のときだった。洗練された社交の世界、居心地抜群のフラット、豪奢な日常、心温かく陽気な両親。好きなだけ甘やかされたモーム少年の中心にあったのは、優しくて美しい母イーディスだった。物心がついた頃、父は仕事で家を離れることが多かった。三人の兄たちはイギリスの学校に寄宿している。自然、母親を独り占めにする親密な関係が築かれることになった。

ところが、その幸せな生活が一変する。一八八二年一月、母親が急逝するのである。さらにその二年半後、父親もこの世を去ってしまう。保護者を失った少年は、イギリス南東部はケント州のホイットスタブルで牧師をする叔父ヘンリー・マクドナルド・モームに引き取られることになった。

叔父夫婦は、平穏な生活への幼き闖入者《ちんにゅうしゃ》を邪険に扱いはしなかった。ただ、質素な生活習慣に固執する叔父を中心とした暮らしは揺るがず、しごく退屈な生活だったらしい。とくに叔父は、上流の人間には平身低頭、地域内外の商売人は軽蔑する俗物でもあった。そのせいでモームは遊び相手を見つけることができず、唯一の逃避場所として書物に向かった。生涯にわたる読書癖が始まったのはこの頃である。

学校も救いの場所とはならなかった。由緒正しきパブリック・スクール――カンタベリーのキングズ・スクール――は、モーム少年にとって窮屈な場所でしかなかった。内気、虚弱、運動下手、吃音、フランス語訛り。ほかの生徒たちから嘲笑を受けるには十分である。最後まで学校生活になじむことができなかった。結局、大学卒業後には聖職に就くものと期待していた叔父を裏切るように退学してしまう。

一八九〇年、叔父ヘンリーの妻でドイツ人だった叔母ソフィーの勧めでハイデルベルクに遊学したモームは、失われていた青春を謳歌することになる。ハイデルベルク大学の聴講生として先端の学問に親しんだ。学生や下宿人たちから、音楽、絵画、文学について多くを教えられ、自由闊達な議論に加わるようになった。キリスト教への懐疑を深め、旅の楽しみを覚え、観劇を始めた。そして、同性愛の経験もした。

将来は作家、と決めていた。ただ、文筆業が一生の仕事としては認められなかった時代である。因襲的な叔父が許すはずもない。とにかくホイットスタブルを離れたかった十八歳のモームは、ロンドンにある聖トマス病院付属医学校に進学してしまう。

学業にさして関心はなかったが、とにかく読書に励み、アイデアをため、作家になるべく研鑽を積んだ。人生経験も広げ、女性との初体験も済ませた。観劇にも勤《いそ》しんだ。一介の学生が頻繁に観劇できた背後には、ハイデルベルクで知り合った青年——父親がロンドン演劇界の大立者《おおだてもの》だったというウォルター・アドニー・ペイン——の存在がある。このペインとは肉体的な関係があったらしい。のちにペインは旅行の同伴者となり、さらに一種の秘書として作家モームを支えた。この恋人＝秘書という関係性は、後年、二人の男性へと引き継がれてゆく。この男同士の絆なくしてモームの文学はほとんど成立しえない。

研修も後半に入ると、医学への関心を強めた。貧しい外来患者への対応と貧民街ランベスでの助産を経験し、生《なま》の人間性を目の当たりにしたからである。このときの体験に基づいて一気呵成に書き上げ評判となった小説こそ、『ランベスのライザ』（一八九七）にほかならない。折しも、都会の極貧を描く小説が流行していた。『ランベスのライザ』の成功で将来を楽観した文学青年は、医師免許を取得しながらも医学の道には進まず、作家としての人生を歩み始めた。劇作家になるのが夢だった。小説を書いたのは、それで名が上がれば劇が売りやすいと思ったからにすぎない。モームの頭の中には、作品＝商品の方程式が存在していたのである。

念願の劇作家として表舞台に立てたのは一九〇七年、三十三歳のときだった。『フレデリック夫人』がロンドンの劇場で上演され大成功を収めた。一夜にして有名人というのはあながち嘘ではない。立て続けにほか三作が上演され、イギリス一の劇作家として喧伝された。それから約二十五年間、モームはヒット劇を量産していく。

世界でもっとも原稿料が高かったらしい。成功を収めることで、心は安定し、劇場主や出版社の圧力に屈することなく好きなものが書けるようになった。こうして誕生したのが、『人間の絆』である。パリでの幸福な幼少期、ホイットスタブルと学校での惨めな生活などが重厚に描かれている。モームはこの大長編を、自分の内面を溶かし込んだという意味で、「自伝的」と称した。これに似た創作行為は、唯一愛したとされる女性スー・ジョーンズがロウジーとして登場する『お菓子とビール』(一九三〇)にも見られる。

「自伝的」という言葉で忘れてならないのは、シリーという女性との関係である。出会ったのは一九一三年、すぐに関係を持った。当時のシリーには夫があり、この事実が、当代きっての人気作家を泥沼へと引きずり込むことになった。周到に離婚準備を進めていたシリーの夫ウェルカムにより、姦通の共同被告人として離婚訴訟の場に立たされたのである。だが、離婚成立後の一九一七年、二人は夫婦になった。

そもそもモームには結婚する気がなかった。シリーというのは、社交が命の無教養な女だった。作家として一人の時間が不可欠なモームにとってはつらい。それでも結婚に踏みきったのには理由がある。シリーとのあいだにもうけた娘ライザの存在。幼くして奪われた家族というものへの憧れ。家庭を築くことで生まれる仕事へのやる気。そして、体面の保持。裏には、自分が「正常」であるのを確認したい気持ちがあった。

モームにとってシリーは悪妻でしかなかった。泣く、喚く。室内装飾の仕事を始めると、自邸を展示場に変え、詐欺まがいの商法にも手を出した。モームは気が休まらず、妻への反感を募らせていった。この頃の戯曲や小説が女性嫌悪に色濃く染まり、結婚生活の悲惨や破綻を主題にしたのも偶然ではない。端的な例として、『月と六ペンス』（一九一九）におけるストリックランドの行動を指摘すれば十分であろう。

もちろん、シリー一人が悪いのではない。彼女の理不尽とも思える振る舞いには理由があった。

〈男しか愛せない〉

モームは、ごく若いときから自分が同性愛者であるのを自覚していた。「自分の四分の三は正常、四分の一だけが変だと自分に言い聞かせようとした」が、「実際の割合はあべこべ」だったのである。イギリスでは、一八八五年の改正刑法によって、とりわけ男色が厳しく取り締まられることになった。この法によってオスカー・ワイルドが投獄されたのは一八九五年。モーム二十一歳のときである。この事件は男性の同性愛者たちに大きな衝撃を与えた（ちなみに、法の効力が失われるのは一九六七年で、モームがその恩恵に与《あずか》ることはなかった）。ところが、モームは運命の男と出会ってしまう。ジェラルド・ハクストンである。

ハクストンに関しては初期の情報がほぼ皆無であるらしい。詳細がわかるのは、モームとの交際がスタートしてからのことである。一九一四年に第一次大戦が勃発し、冒険を求める気持ちで傷病兵輸送部隊に加わったモームは、フランスのイープル近くに設置された赤十字本部で、アメリカ傷病兵輸送部隊に所属するハクストンを知った。すぐに意気投合した二人は、これが決定的な出会いであると確信したという。

ハクストンに対する世評は両極端に分かれている。だが、どちらの陣営も、その不良じみた魅力だけは否定できなかったらしい。モームにとってハクストンというのは、その性的な磁力と外向的な性格ゆえに、ギャンブルとアルコールの悪癖を差し引いても、手放すことのできない存在であった。

モームがイギリス情報機関から任務を請け負うようになったのは一九一五年である。仏独語に堪能なうえ、作家という職業が隠れ蓑になるという理由から、スイスでの諜報活動を任された。謎に満ちた冒険が始まると期待した諜報部員「サマヴィル」は、ジュネーヴを本拠とした活動が危険性のない単調な日常にすぎないと知って失望したが、一九一七年には、密命を帯びて激動のロシアに潜入できた。ただ、長期間におよぶ任務で体調を崩し、最終的には結核を悪化させてスコットランドのサナトリウムに入院するはめになった。自身の諜報活動を下敷きにした短編集『アシェンデン』の想を練ったのはこのときである。

モームがスイスに滞在していた一九一五年一一月、ロンドンのホテルで男性と同性愛の関係を結んだとして、ハクストンが逮捕、起訴される。モームが手配したと思《おぼ》しい弁護士の助力で無罪にはなったが、一九一九年二月、イギリスからの永久追放という処分が下された（ハクストンがベルギー情報部の諜報員だった可能性があるらしい)。そこでモームは、ハクストンを秘書に任じ、パリのフラットに住まわせた。

モームはハクストンと繰り返し長旅に出ている。少しでも長く恋人と過ごしたいという思いがあったのだろう。だが、それだけではない。創作と重要な関係性があった。南太平洋や中国で出会う人々、とくに植民地で働く役人たちから興味深い話を聞き、それを作品にしたいと思っていたモームだったが、内気なために他人と打ち解けることができない。そこで、社交家ハクストンを橋渡し役にしたのである。旅の成果としては、三つの短編集――『木の葉のそよぎ』(一九二一)、『カジュアリーナの木』(一九二六)、『阿慶《アーキン》』(一九三三)――などがある。

一九二九年にシリーと離婚したモームは、南仏リヴィエラのフェラ岬にある邸宅「ヴィラ・モーレスク」でハクストンと暮らすようになった。拠点を定めてからは、安定した生活が続いた。規則正しく執筆し、訪れた文壇、映画界、政界の友人や知人を歓待し、ロンドンなど欧米の主要都市を定期的に訪問した。短編集『処方は前に同じ』(一九四〇)はこの間に発表されている。ところが、この日常に不穏な要素が潜んでいた。多忙なモームのスケジュールを管理していたハクストンが酒に溺れ、仕事を疎《おろそ》かにしたのである。アメリカ滞在中の一九四三年、二人は最初の出会いから三十年近くにおよぶ関係を解消することで合意した。ところが、しばらくしてハクストンが病で倒れてしまう――結核だった。回復を願うモームができる限りの手を尽くしたが、一九四四年一一月、ハクストンは帰らぬ人となった。

　ハクストンのあとを継いだのは、労働者階級出身のイギリス人アラン・サールである。離婚の前年となる一九二八年に出会って以降、モームはこの青年の身をあれこれ案じ、南仏で暮らすようになってからは、ロンドンの秘書にした。

　サールはハクストンと正反対の穏やかな気質だった。そのため、一九四五年から始まった共同生活後も、モームは定期的に作品を上梓《じょうし》することができた。もっとも、代表的な作品はこの時点ですでに出し尽くしている。劇作は十年以上前にやめ、小説は、長編『昔も今も』（一九四六）と『カタリーナ』（一九四八）、短編集『環境の動物』（一九四七）以外には発表しておらず、評論、回想録、他の作家の文学選集に集中した。最晩年には、雑誌に連載した「回想」で元妻シリーとの関係を暴露し、作家としての評判を落としてしまった。

　一九六五年の一二月一六日、ウィリアム・サマセット・モームは南仏ニースの病院で息を引き取った。享年は九一。火葬された二日後、遺灰が母校キングズ・スクールにあるモーム図書館の外に撒かれた。

〈人生の秘密が作品の秘密〉

モームの「秘められた人生」を確認したところで、作品に潜む「秘密」を解き明かす作業が残された。作家の人生を拠りどころとして作品を読むという方法は、現在の文学批評ではダブー視されている。しかし、長らくその人生が謎に満ちていたモームの場合、むしろ「伝記批評」こそが新たな理解をもたらしうる。

例えば、モームが同性愛者であったという事実を踏まえて「幸せな二人」を読み直してみたらどうなるか。

女性資産家ミス・ウィングフォードの死に疑いが持たれたのは、彼女がその資産を血縁者ではなく同居人の女性ミス・スターリングにそっくり残したからだった。そこから一つの疑問が浮かび上がる。ミス・ウィングフォードの遺産を目当てに、ミス・スターリングがブランドン医師と共謀して婦人を殺害したのではないか。なるほど、医師とミス・スターリングの二人が親密な関係にあることを示す状況証拠はあった。しかし、その関係性を否定する決定的な証拠が提出される。陪審の評決は「無罪」

だった。

事件を担当したランドン判事は、一個人として有罪を確信していたので、この評決に納得できず、結局、ミス・スターリングには不可思議な道徳観があったということで自分を慰めるしかない。つまり、殺人はできても、道ならぬ関係は持てなかった。かくのごとく、人間というのは不可解な存在である――このランドン判事の結論にモームの人間観が反映されている、とするのが従来の読み方だろう。

しかし、である。ランドン判事の目は絶対に正しいのだろうか。女は結婚するべきだと繰り返すような凝り固まった女性観の持ち主である。ミス・ウィングフォードとミス・スターリングが恋人同士だった可能性はないのか。思えば、語り手の「私」は、クレイグ夫人（ミス・スターリング）のことを「見た目が男っぽい」と述べていた。二人が深い仲だったなら、ミス・スターリングが遺産の受取人であってもおかしくはないだろう。そうすると、弁護側も主張するように、ミス・ウィングフォードの死は事故だったとも考えられる。あるいは、ミス・スターリングの心がブランドン医師に移ったと知ったミス・ウィングフォードが、絶望のあまり自殺したものか……。ともかく、こんなふうに考えた場合、従来の読み方は変更せざるをえなくなる。モームは、ランドン判事に自分の人間観を代弁させているのではない。むしろ、人間を画一的に見て抽象化してしまう判事——異性愛とは違う性衝動の存在に気づかぬ男——に批判の目を向けているのではあるまいか。

　このような読み方は、「掘り出しもの」にも応用できる。この短編は実話に基づくらしい。モームが聞いた話では、主人と従者だったという。つまり、男同士の話だった。それをモームは、男性主人と応接や給仕を担当する女中——英語ではparlourmaidに当たり、訳文では「メイド」——とした。しかし、男と男の関係であったことを匂わせるため、二人に似たような名前を与えたのではないか。そう考えると、たしかに意味深長な場面があった。プリチャードが「ジンジャービール」を頼むシーンである。エリック・パートリッジの権威あるスラング辞典によると、一九二〇年あたりから、「ジンジャービール（英語の発音はジンジャービア）」（ginger beer）という言葉は、「クィア＝同性愛者」（queer）と語尾が韻を踏んで「同性愛者」を意味するようになったというのである。

　伝記上のいろいろな要素から「同性愛」をキーワードとして抜き出し、それを踏まえて読む……。それだけで、いままで見えなかった点が浮かび上がってこよう。作中人物の捉え方、言葉の裏の意味だけではない。短編全体の印象が変わってくる場合さえある。

ということで、あとは読者のみなさんが名探偵となって、モームの作品を自由に楽しんでいただきたい。

モーム年譜

一八七四年
一月二五日、ウィリアム・サマセット・モーム、父ロバート・オーモンド・モームが顧問弁護士を務めるパリの英国大使館で誕生。母イーディスもパリ育ちの英国人。三人の兄がいる。

一八八二年　八歳
一月、最愛の母が結核で死去（享年四二）。終生消えぬ心の傷に。

一八八四年　一〇歳
六月、父が死去。英ケント州ホイットスタブルの牧師である叔父ヘンリー・マクドナルド・モームに引き取られる。当時の生活は長編小説『人間の絆』（一九一五年）、『お菓子とビール』（一九三〇年）に描かれている。

一八八五年　一一歳
五月、カンタベリーのキングズ・スクールに入学。フランス語訛りと吃音でいじめにあう。同校でのつらい生活が『人間の絆』で描かれることに。

一八八八年　一四歳
冬に胸膜炎で休学し、療養のため南仏へ。久々に自由な生活を満喫。

一八八九年　一五歳
復学後も学校になじめず、七月に退学。

一八九〇年　一六歳
五月、独ハイデルベルクへ遊学。ハイデルベルク大学の聴講生として哲学などを学ぶ一方、学生や同宿の人たちと闊達な芸術論を交わす。演劇の面白さにも目覚める。

一八九一年　一七歳
七月、帰国。作家を目指すも、因襲的な叔父には言えず、将来を思い悩む。ロンドンの会計事務所の実務研修生になるが、すぐに辞めてホイットスタブルに戻る。

一八九二年　一八歳
一〇月、ロンドンの聖トマス病院付属医学校に入学。学業に関心が持てず、作家修業に専念。

一八九五年　二一歳
オスカー・ワイルドが同性愛の罪で投獄される。

一八九六年　二二歳
実習でランベスの貧民街に足を踏み入れ、衝撃を受ける。出版社に短編二編を送るも、却下。

一八九七年　二三歳
長編小説『ランベスのライザ』出版。

一八九九年　二五歳
一〇月、医師免許取得。
短編集『定位』出版。

一九〇五年　三一歳
パリに滞在。その間に画家ゴーギャン

の話を聞く。また、英国人作家アーノルド・ベネット、長編小説『魔術師』（一九〇八年）のモデルとされるアレイスター・クロウリーなど、多岐にわたる交友関係を築く。

一九〇六年　三二歳
ロンドンで若手女優スー・ジョーンズと知り合う。『お菓子とビール』のロウジーのモデルとされる。

一九〇七年　三三歳
一〇月、ロンドンで戯曲『フレデリック夫人』上演。大成功を収める。

一九〇八年　三四歳
三～六月、『ジャック・ストロウ』『ドット夫人』『探検家』と戯曲が次々に上演され大評判となる。社交界の名士となり、のちに首相となるウィンストン・チャーチルとも知り合いに。

一九一〇年　三六歳
自作の劇が上演されていたアメリカを初めて訪れ、名士として歓迎される。

一九一三年　三九歳
スー・ジョーンズに求婚し、断られる。社交界の花形で人妻だったシリー・ウェルカムと親密な関係に。

一九一四年　四〇歳
第一次大戦が勃発し、傷病兵輸送部隊に志願、フランスへ。〝運命の友〟ジェラルド・ハクストンと出会う。

一九一五年　四一歳
シリーとのあいだにエリザベス・メアリー（通称ライザ）誕生。長編小説『人間の絆』出版。一〇月、諜報部員としてスイスへ。

一九一六年　四二歳
南太平洋へ。この旅行が、長編小説『月と六ペンス』（一九一九年）、「雨」を含む短編集『木の葉のそよぎ』（一九二一年）に結実。

一九一七年　四三歳
五月、シリーと正式に結婚。七〜一一月、ロシアで諜報活動に当たる。スイスとロシアでの諜報活動が短編集『アシェンデン』（一九二八年）に。結核のためスコットランドのサナトリウムに入院。

一九一九年　四五歳
長編小説『月と六ペンス』出版。

一九二一年　四七歳
マレー半島を巡る。短編集『木の葉のそよぎ』出版。

一九二五年　五一歳
一〇月、シンガポールへ。その後ボルネオなどをまわる。旅の経験は、短編集『カジュアリーナの木』（一九二六年）、『阿慶《アーキン》』（一九三三年）に反映されている。

一九二六年　五二歳
南仏リヴィエラのフェラ岬に邸宅「ヴィラ・モーレスク」を購入。短編集『カジュアリーナの木』出版。

一九二八年　五四歳
五月、ロンドンで英国人青年アラン・サールと出会う。短編集『アシェンデン』出版。

一九二九年　五五歳
五月、シリーと離婚。

一九三〇年　五六歳
長編小説『お菓子とビール』出版。

一九三一年　五七歳
短編集『第一人称単数で書かれた六つの物語』出版。

一九三六年　六二歳
短編集『コスモポリタンズ』出版。

一九三八年　六四歳
回想録『サミング・アップ』出版。

一九三九年　六五歳
英国情報省の依頼を受け、第二次世界大戦下のフランスを視察。

一九四〇年　六六歳
短編集『処方は前に同じ』出版。一〇月、英国情報省の依頼でアメリカへ。人気作家という立場を利用して米国民の親英感情を高めるのが目的。戦中を米国内で過ごす。

一九四四年　七〇歳
長編小説『かみそりの刃』出版。一一月、ハクストン死去（享年五二）。

一九四六年　七二歳
長編小説『昔も今も』出版。

一九四七年　七三歳
短編集『環境の動物』出版。

一九四八年　七四歳
長編小説『カタリーナ』出版。

一九五四年　八〇歳
エリザベス女王より名誉勲位を授与さ

れる。

一九五五年　八一歳

七月、シリー死去（享年七六）。

一九五九年　八五歳

極東方面を旅行。一一月には来日し、約一カ月滞在。

一九六二年　八八歳

「回想」を雑誌に連載、賛否両論の大反響を呼ぶ。

一九六五年　九一歳

一二月一六日、南仏ニースにて死去。

＊主として、Selina Hastings の *The Secret Lives of Somerset Maugham* (London: John Murray, 2009) をもとに作成。

訳者あとがき

幸いなことに、教師には恵まれた。小学校から大学院まで、教師を「先公」と思ったことはない(ただ不幸なことに、教師になったいま、学生に「先公」と思われているらしい)。各先生が各人のやり方で教育に情熱を注いでいらしたからだろう。いろいろな影響を受けた。翻訳とのつながりでは、大学時代の恩師たちが忘れられない。もっとも、何かを教えてくれたという点まで意味を広げると、「教師」も多様になる。最初の「先生」は映画だった。

中学生のとき字幕の翻訳家になりたいと思った。その途端、映画の見方が変わった。字幕自体が気になったのである。例えば、耳に入る英語と画面の字幕が違う。字数の制限があるために過度な修飾は削除され、極端な話、「青い空」の「青い」さえも訳出されない。次に、固有名詞などの扱いに目が向いた。一例を挙げれば、複数の俳優名が聞こえてきても、日本では無名に近い役者名は削られてしまう。そして、会話の処理である。肝心な部分だけを残し、とにかくテンポがいい。登場人物たちは、生き生きとした自然な言葉をしゃべっていた。

字幕翻訳家になる夢は、高校のときも変わらなかった。実際、大学の面接で、「何で英文科に進みたいの？」と問われ、「映画の字幕翻訳家になりたいからです」とトンチンカンな返答をしている。ところが、在学中に予定が狂った。あのまま理想を追い続けていたら、と思う。そうすれば今頃、ハリウッドスターの通訳として毎回テレビに映るのはこの私だったはずなのに！

雲行きが怪しくなったきっかけは、一般教養の英語で履修した授業である。担当は英文学がご専門のO先生、教科書はイギリスの短編集。驚くべき授業だった。難しいとか、厳しいとか、そういうことではない。進め方はいわゆる訳読方式で、学生が英文を読んで訳し、それが終わると先生の解説となる。そのときに先生が即興で口にされる訳文に啞然としたのだ。ぎくしゃくした英文和訳ではない。いや、翻訳でさえない。日本語で書かれた小説の朗読。そんな感じだった。しばらくして、O先生がイギリス小説の翻訳家として大変に有名であることを知った。

英文科の先生方は、学生からの要望があると、「読書会」というものを無償で（！）

開いてくれた。単位にもならないのに勉強したがる学生も学生だが、引き受けてくださった先生方もまたすごい。大学が象牙の塔であることを許された幸福な時代であった。

もちろんO先生の会に参加した。手元に使用した注釈版がある。アイリス・マードックの『イタリアの娘』。随所に先生の訳が記入してある。もっとも印象的だった訳文は、大男がベッドで眠りこけている姿を「私」が目撃する場面に関わる。原文は、“deplorably and shamefully present”とある（ちなみに既訳では「おぞましく、恥ずかしい姿をした」）。これを先生は「醜態をさらしている」と訳された。二つの副詞を名詞へと変換し、簡潔な言い回しにする技。ため息が出るほど素晴らしい。ただ、それ以上に衝撃的だったのは、先生の「それに、これで“present”が出るだろ？」という一言だった。「出る」である。小説の翻訳とは、英語を日本語に一対一で置き換える作業ではないのか。その日本語がこなれていればいい訳文であろう。翻訳に対するそんな思いがあった。幻想が粉々に砕けた瞬間である。

ほかにも、翻訳への考えを変えてくれた先生がいる。アメリカ小説の読書会を担当されていた、もう一人のお若いほうのO先生である。その先生が本格的に翻訳を始められた頃、ある文集に翻訳論をお書きになった。たしか、「彼、彼女なんてきらい」というようなタイトルで、指示的な意味が強い人称代名詞を「彼」「彼女」と訳すことに抗議し、省略したほうが日本語に合うと（柔らかい文章で）主張するものだった。（当時は若かった）O先生は現在、もっとも信頼の置ける——そして美しい日本語で「書く」——文芸翻訳家である。

ダブルO先生のせいで……いや、おかげで、小説の翻訳に目覚めた私は、集中的に英米小説の翻訳を読むようになった。それまで楽しんでいたのは和物ばかり。ほとんど未知の世界だったから、語学以外の授業は正しくサボり、翻訳小説を貪《むさぼ》った。内容ばかりでない。訳文自体も味わった。それぞれの翻訳が優れた「教師」であった。

当時、読むべき翻訳小説の数はそれほど多くなかっただろう。言うなれば、翻訳小説の「古典既訳」が定まっていた。もっともお世話になったのはS文庫である。『情事の終り』および『緋文字』という不倫小説が抜群に面白く、自分はどこかおかしいのではないかと気に病んだ。それから、講読の授業があったので、『華麗なるギャツビー』（当時の邦題）も読んだ。よさがさっぱりわからなかった。あのとき新訳版が存在していたら……。とにかく、こうやってS文庫に手を出していくと、当然のことながら、ある作家と出会うことになる。

サマセット・モームのことは知っていた。英文学史に出てくる。『人間の絆』等の長編が有名、いささか通俗的、と教科書には書いてあった。下手に否定的な見解を仕入れてしまったがため、まるで読む気が起きなかった。だが、その後すぐに関心を抱いたのは、中野好夫の「雨」が名訳だと知ったからである。すぐさま街の本屋に行くと、モームの小説がずらりと並んでいた。紺と緑の独特な背表紙が明らかに浮いていた。手招きしている。なのに、どういうわけか手には取らなかった。その代わり洋書コーナーに向かい、『サマセット・モーム短編選』の第一巻を購入した（当時は地元の大型書店の洋書売り場が充実していた）。いま目の前にあるペンギン版をぱらぱらめくってみると、多くの書き込みがしてある。読んだのだろうが、まったく記憶にない。

モームの短編を訳すという話になったとき、ほっとした。もしモームの翻訳を読み漁っていたら、歴代翻訳者の名文に影響されないわけがない。今回、まずは『アシェンデン』以外の短編をほぼすべて原文で読み（直し）、収録予定の作品を選び、訳出した（底本はハイネマン版で、ペンギン版とヴィンテージ版を参照した）。既訳に目を通したのは、それからである。偉大な先達が「教師」になってくれた。と同時に、気がつく点もあった。いままで多くのいわゆる「先生」から学んできた。それが自分の訳に溶け込み、既訳との違いを生み出しているのである。

相違の一点として、人称代名詞をあまり使っていない。お若いほうのO先生の影響だろう。やはり「彼」「彼女」「彼ら」（「彼女ら」！）が好きになれない。とはいえ、何でも略せばいいというものでもないだろう。ここで目を向けるべきなのは、小説の「視点」である。語り手は誰か。語り手が使用する人称はどれか。三人称の場合、作中人物を客観的に描いているのか、それとも人物の内面にまで入り込んでいるのか……。こういう問題に訳者なりの解決がつけば、人称代名詞の使用量もぐんと減る。

例えば「雨」の第一段落は、語り手がマクフェイル医師にまつわる内面と外面を交互に描写しながら話を進めている。したがって、うまく処理を行えば大胆なやり方が可能となる。最初に「マクフェイル医師」という言葉を出す。あとは一切、「彼」も「（マクフェイル）医師」も消すのである（この手を利用した既訳が実際にある）。この「古典新訳」では、後半、医師の外面描写に入るところで「マクフェイル医師」を挿入した。

主語の省略にも関わることだろうが、文章のリズムも既訳とずいぶん違うものになった。訳者それぞれのリズム感に微妙なズレが存在するのだから当然である。ただ、より意識して文章のリズムに心を砕いた。とくに会話のテンポには気を遣った。モームは劇作家でもある。とにかく会話がうまい。そういう部分を試験の英文和訳のごとく律儀に訳してしまっては台無しになるのではないか。その疑問が生まれたとき、映画の字幕を思い出した。あそこまでの省略はできまい。でも、勘所を押さえて速度を上げることは可能だろう。とくに「笑い」が関わる場合、リズム感の悪さは命取りになる。

そういう意味で、「ジェイン」ではスピード感を大事にした。一例として、最後の一文"She *was* priceless."に含まれる"priceless"をどう訳すか。本文中で繰り返されるこの単語がキーワードなのは間違いない。意味は、『オックスフォード現代英英辞典』によると、"extremely valuable（非常に価値ある、貴重な）"と"extremely amusing（非常におもしろい）"の二つがある。後者は口語体らしい。『オックスフォード英語辞典』で歴史的な変遷を追ってみると、口語のほうの意味は、初出が一九〇七年、ほかにも一九二一年の使用例がある。「ジェイン」が最初に発表されたのは一九二三年であるから、執筆時のちょっとした流行り言葉だったのではあるまいか。訳す際には、両義を込めるのはもちろん、口語としての軽さ、面白さも加味しなくてはならない。ちなみに、ある文庫の訳では「やはり稀にみるユーモアの名手なのだ」となっている。二つの意味が込められた名訳である。どう違いを出したものだろう。あれこれ考えて出した結論は、「傑作」である。「傑」の字で、第一義は「出る」。また、「傑作」には「とっぴでおかしい」(『広辞苑』)の意もある。音節の少なさも合う——こんなふうに考えた。

「ジェイン」以外でも、お世話になった「先生方」を思い出しながら、「古典新訳」となるよう工夫を凝らした。それが成功しているかどうかはわからない。とにかく、本書が読者にとっての「反面教師」にならないことだけを願っている。

この本の一部には、当時のヨーロッパにおける植民地政策を背景にした差別的な表現があります。本作品は、当時の社会状況や人々の意識を描いた古典作品です。その歴史的背景、文学的価値という点から原文に忠実な翻訳を心がけました。植民地主義の助長を意図するものではないことをご理解ください。

（編集部）

kobunsha classics
光文社古典新訳文庫

マウントドレイゴ卿《きょう》／パーティの前《まえ》に

著者　モーム
訳者　木村《きむら》 政則《まさのり》

2011年4月20日　初版第1刷発行
2022年2月10日　第3刷発行

発行者　田邉浩司
印刷　大日本印刷
製本　大日本印刷

発行所　株式会社光文社
〒112-8011東京都文京区音羽1-16-6
電話　03（5395）8162（編集部）
03（5395）8116（書籍販売部）
03（5395）8125（業務部）
www.kobunsha.com

ISBN978-4-334-75228-6 Printed in Japan

組版　萩原印刷

いま、息をしている言葉で、もういちど古典を

長い年月をかけて世界中で読み継がれてきたのが古典です。奥の深い味わいある作品ばかりがそろっており、この「古典の森」に分け入ることは人生のもっとも大きな喜びであることに異論のある人はいないはずです。しかしながら、こんなに豊饒で魅力に満ちた古典を、なぜわたしたちはこれほどまで疎んじてきたのでしょうか。

ひとつには古臭い教養主義からの逃走だったのかもしれません。真面目に文学や思想を論じることは、ある種の権威化であるという思いから、その呪縛から逃れるために、教養そのものを否定しすぎてしまったのではないでしょうか。

いま、時代は大きな転換期を迎えています。まれに見るスピードで歴史が動いていくのを多くの人々が実感していると思います。

こんな時わたしたちを支え、導いてくれるものが古典なのです。「いま、息をしている言葉で」――光文社の古典新訳文庫は、さまよえる現代人の心の奥底まで届くような言葉で、古典を現代に蘇らせることを意図して創刊されました。気取らず、自由に、心の赴くままに、気軽に手に取って楽しめる古典作品を、新訳という光のもとに読者に届けていくこと。それがこの文庫の使命だとわたしたちは考えています。

このシリーズについてのご意見、ご感想、ご要望をハガキ、手紙、メール等で
翻訳編集部までお寄せください。今後の企画の参考にさせていただきます。
メール　info@kotensinyaku.jp

光文社古典新訳文庫　好評既刊

光文社古典新訳文庫　好評既刊

フランケンシュタイン
シェリー
小林 章夫 訳
天才科学者フランケンシュタインによって生命を与えられた怪物は、人間の理解と愛を求めるが、醜悪な姿ゆえに疎外され……。これまでの作品イメージを一変させる新訳！

若者はみな悲しい
フィッツジェラルド
小川 高義 訳
アメリカが最も輝いていた一九二〇年代を代表する作家が、若者と、かつて若者だった大人たちのリアルな姿をクールに皮肉を交えて描きだす、珠玉の自選短編集。本邦初訳多数。

グレート・ギャッツビー
フィッツジェラルド
小川 高義 訳
いまや大金持ちのギャッツビーが富を築き上げてきたのは、かつての恋人を取り戻すためだった。だがその一途な愛は、やがて悲劇を招く。リアルな人物造形を可能にした新訳。

アウルクリーク橋の出来事／豹の眼
ビアス
小川 高義 訳
絞首刑で川に落ちた男が敵の銃弾を逃れ着いた先を描く「アウルクリーク橋の出来事」。恋人からの求婚をなぜか拒む女を描く「豹の眼」。ひたすら「死」を描いた短篇の名手の十四篇。

1ドルの価値／賢者の贈り物 他21編
O・ヘンリー
芹澤 恵 訳
西部・東部・ニューヨークと物語の舞台を移しながら描かれた作品群。二十世紀初頭、アメリカ大衆社会が勃興し急激に変わっていく姿を活写した短編傑作選。（解説・齊藤 昇）